공항철도 편의점

공항철도 편의점

김경해 소설집

bookin

작가의 말

후회하지 않고 뜨겁게 살아가고 싶다

첫 창작집은 너무 늦게 나왔고, 두 번째 창작집은 그에 비하면 너무 빨리 나오게 됐다. 그 동안 발표한 작품이 그 만큼이 됐고, 다시 또 한 권으로 엮게 됐다.

언제나 소설에 헌신하며 살았다고, 늘 열망하며 살았다고 누군가에게 털어놓고 싶었던 날들도 있었다. 앞으로도 그다지 달라지지 않을 나의 열망과 사랑, 그래도 나는 후회하지 않고 뜨겁게 살아가고 싶다. 눈을 뜨면 씻지도 않고 달려갔던 아트플랫홈의 작업실과 음식 냄새가 스며드는, 이 글을 쓰고 있는 작업실에서 젊음과 열정을 붙잡고, 오늘도 글을 쓰는 작가로 살아가겠다.

2015년 가을

김경해

Contents

첫 번째 프로포즈

첫 번째 프로포즈

＊검은 카페

그런 남자가 있었다. 결혼해서 오래도록 옆에 두고 쳐다보면서 살고 싶은 사람이었다. 그때, 아직 첫 키스의 추억도 갖고 있지 않을 때, 결혼을 생각하기엔 너무 어리고 서툴렀다. 그게 문제였다. 어눌함과 촌스러움과 순진함은 매력이 되지 못했다.

"나, 군대 간다."

그는 아무렇지 않게 말했다. 시끄러운 말소리와 흐느적거리는 음악 소리 속에서 그 말은 내게 꽂혀왔다. 온통 검정으로 치장한 카페에서였다. 갑자기 세상이 정지된 듯했다. 나는 거품이 흐르는 맥주를 단숨에 비워버렸다. 그는 내 빈 맥주잔을 보지 못했다. 차마 내 빈 잔에 맥주를 따르지 못하고 나는 검정 탁자만 쳐다보고 있었다.

화장실을 가려고 그가 자리에서 일어섰다. 그의 안경 너머 눈빛을 바라보고 있던 나는 숨을 몰아쉬었다. 그리고 검은 의자를 밀어내고 자리에서 일어섰다. 의자 끌리는 소리에 휘청거리던 몸이 긴장했다.

밖으로 나갔다. 한여름 밤의 열기가 훅 끼쳐왔다. 달아오른 얼굴에서 땀이 흘렀다. 그가 화장실에서 나왔다. 나는 샌들을 신은 내 발가락을 내려다보았다. 간호사들이 신는 흰 샌들 옆 그의 나이키 운동화는 왠지 당당해 보였다. 그때, 나는 그에게 갖고 있는 열패감이 무엇인지 알았다.

"잘 있어라."

그는 또 심상하게 말했다.

"왜 갑자기 가는 거야?"

나는 붉게 달아오른 얼굴을 그의 얼굴 가까이 들이밀며 물었다.

"어차피 가야 되는 거잖아. 갔다 와야 뭔가 정리가 될 것 같아."

그는 그렇게 자신의 불안한 미래를 내비쳤다.

"남자들은 좋겠다. 삼 년이면, 뭐가 달라질 수 있을까?"

그때, 내게 삼 년이란 긴 세월처럼 느껴졌다. 난 학교를 졸업할 것이고, 직장을 다닐지도 모르고, 같이 영화를 보고 팔짱을 끼고 다닐 누군가가 있을지도 몰랐다. 그렇지만 나는 말하고 싶었다. 나, 너 좋아한다. 삼 년, 기다린다. 하지만 나는 아무 말도 못하고 담배를 피우는 그를 두고 카페 안으로 들어왔다. 집으로 가는 막차를 타기 위해 먼저 일어서는 나를 그는 잡지 않았다.

그가 군대에 가서 보내던 마지막 편지를 읽고 나는 새로운 만남에 대한 미안함을 말끔히 씻을 수 있었다. 이제 네 마음에 따뜻한 촛불을 켜 줄 수 있는 그런 사람을 만나라. 그의 편지는 나를 연인으로 생각지 않는다는 통보였다. 나는 새로운 사람을 미친 듯이 사랑했다. 그게 사랑인지 젊은 날의 단순한 열정인지는 중요치 않았다.

＊노란 전화기

나는 한 동안 친구와 단절할 수밖에 없었던 일을 그에게 얘기할 수 없었다. 우리의 전화번호를 아무도 알지 못했다. 전화번호가 바뀐 다음날부터 그와 난 하루 이십사 시간을 함께 보냈다. 같이 잠을 자고, 밥을 먹고 텔레비전과 비디오를 보고, 슈퍼에 가서 먹을 것을 사고, 늦은 밤에 드라이브를 했다. 우리는 매일 세 개의 비디오를 빌렸다. 그가 좋아하는 액션이나 공포, 내가 좋아하는 코미디, 그리고 장르에 상관없는 신 프로. 세 개의 비디오를 보고 나면, 새벽이 되었다. 우리는 근처의 포장마차에서 가락국수를 먹기 위해 트레이닝복 차림으로 갔다. 파란 색에 빨간 라인이 들어간 트레이닝복의 그와 역시 빨간 색 라인이 들어간 내 검정 트레이닝 때문에 포장마차 아저씨는 우리가 너무 일찍 아침 운동을 하러 나온다고 했다. 사실, 우리는 잠을 자기 전의 참을 수 없는 허기와 답답함을 견딜 수 없어서 나왔을 뿐이다. 열정적인 사랑의 대가였다.

노란 전화기는 먹통이 되었다. 전화벨 소리가 없는 일상이란 생각보다 아무렇지 않았다. 머리에 막 비누거품이 넘쳐날 때나 그와 사랑에 빠져 있을 때나 손가락 하나 까닥하기 싫을 때에 할 수 없이 전화 수화기를 들어야 하는 번거로움을 겪지 않으니까 다행이라는 생각도 들었다. 그러나 하루, 이틀이 지나고 삼 일째 되던 날, 그가 화장실에 간 잠깐 나는 노란 수화기를 들어보았다. 뚜우, 하는 신호음이 커다랗게 들려왔다.

그가 오랜 만에 친구를 만나러 나간 날, 그에게 손을 흔들어주고 들어와서 나는 제일 먼저 다이어리를 뒤적였다. 다이어리의 뒤쪽에는 사람들의 집 전화번호와 핸드폰 번호가 쭉 써 있었다. 나는 그 옆에 있는 사람들의 이름을 하나씩 짚어 나갔다. 주르륵 훑어 내려가면서, 계속 다음 페이지를 넘기면서, 선뜻 이 사람이야, 하는 확신이 가는 사람이 없었다. 오랜 만에 전화를 해도 어제 전화했던 것처럼 아무렇지 않게 받아줄 사람이 없었다. 무슨 일이 있다는 것을 알면서도 인생사에 흔히 있을 수 있는 일이라고 무심히 넘겨줄 수 있는 사람이 없었다. 껄끄러운 신상의 변화를 얘기하지 않아도 될 사람이 없었던 것이다.

"오늘은 왠지 그 사람의 목소리가 듣고 싶어."

"요즈음에는 섹스를 해도 오르가즘에 잘 오르지 못해."

"바나나를 많이 먹어 변비가 걸렸어."

그런 얘기를 거리낌 없이 할 수 있는 사람이 없었다. 내가 혹시 실수로 커피나 물을 엎어도 번지지 않게 파카 볼펜으로 꾹꾹 눌러쓴 사람들의 이름과 숫자들은 기호처럼 막막하게 보일 뿐이었다.

그럴 때, 가끔 생각했다. 만약에 내가 그와 결혼했다면…….

＊흰 스파게티

올리브기름에 마늘과 빨간 고추가 타는 냄새가 마음을 급하게 한다. 끓는 물에 딱딱한 이태리 국수를 이등분해서 집어넣는다. 식용유 한 방울과 굵은 소금 한 숟가락도 넣는다. 그의 기분을 맞추기 위해서 맛있는 걸 만들 땐, 나도 즐겁다. 그는 단순하다. 지금 스파게티가 먹고 싶어, 파와 계란과 김가루가 들어간 라면 끓여줘, 냉동실에 있는 만두 튀겨줘, 라볶이 해줘, 핫도그, 전자레인지에 데워 먹자. 그가 그렇게 먹고 싶다는 욕망이 끓어오를 때, 먹을 수 있게 해주면 만족해 한다.

그를 만족시켜주는 다른 한 가지는 물론, 섹스다. 그는 게으른 편이다. 그래서 섹스도 오랄섹스를 좋아한다. 깊이 잠들어 있는 그를 흥분시키고 유혹하면 된다. 그는 몸 하나 까딱하지 않은 채로 절정에 오르는 걸 제일 좋아한다.

그는 조개와 오징어, 바실리꼬 냄새가 나는 스파게티를 포크로 두르르 말고 감아 한 입 가득 밀어 넣는다. 입가에 누르께한 기름이 묻는 것은 신경도 쓰지 않고 계속 포크를 돌려댄다.

"이렇게 사는 게 싫어."

그에게 한 번도 말하지 못했다.

"너의 단순함이 지겨워."

그에게 말하고 싶은 충동을 가슴에 담아두었다.

"내가 결혼해서 살고 싶었던 남자는……."

그 말을 차마 꺼내지 못하는 건 그를 아프게 하고 싶지 않기 때문이다.

베란다 세탁기 위에 놓아둔 바나나는 너무 익지 않고 은은한 향이 기분 좋게 난다. 델몬트 상표가 붙어 있는 바나나를 아침 식사로 먹는다. 냉장고에서 우유를 꺼내 투명 유리컵에 따른다. 우유를 마실 때는 꼭, 투명 유리컵을 쓴다. 오렌지 주스, 당근 주스, 파워에이드, 콜라, 생수, 프림이 들어간 커피를 마실 때도 얼룩지지 않은 유리컵을 쓰면 상쾌한 기분이 든다. 그것들이 제 각각 가지고 있는 아름답고 싱그럽고 상쾌한 그런 것들을 모두 마시는 기분이 든다. 조금 우울할 때는 초콜릿케이크와 커피 한 잔이면 기분이 조금 나아질 수 있다.

그를 닮아간다는 게 두렵다. 내 얼굴이 그와 오누이처럼 닮아 있다고 말할 때면 우린 어색하게 웃는다. 하지만 텔레비전을 켜놓고 잠든 그 옆에 누워 있는 건 나다. 접촉사고가 났을 때, 그와 나는 한 편이 돼서 맹렬히 싸운다.

***푸른 베고니아**

나는 무선전화기를 들고 욕실로 들어간다. 욕조 가장자리에 무선전화기를 놓는다. 소독제에 향이 섞인 세제로 깨끗하게 청소해둔 욕조에 더운물을 틀어 놓는다.

현관문의 잠금장치를 확인하고 가스 불에 찻주전자를 올려놓는다. 녹차 티백 두 개를 꺼내 머그잔에 넣어둔다. 오디오를 켠다. 리모컨으로 음량을 올린다. 신문을 변기 뚜껑 위에 올려둔다. 그가 나가고 나면 나는 매일 느릿느릿 욕조로 들어간다.

나는 뜨거운 물이 반 정도 찬 욕조에 녹차가 담긴 머그잔을 들고 들어간다. 순간 오르르 닭살이 돋는다. 나는 다시 일어서서 급하게 차를 마신다. 노란 바탕에 빨간 장미꽃 한 송이가 그려진 잔을 욕조 구석의 턱 위에 올려놓는다. 변기 뚜껑 위에 올려두었던 신문을 집는다. 신문을 반으로 접고 다시 위에서 아래로 접은 다음 얼굴 위로 들어올린다. 그래도 신문의 아랫자락은 더운물에 젖어든다.

욕조 가장자리에 있던 무선전화기 뚜껑을 연다.

"뭐해?"

"그냥 있어."

"무슨 생각해?"

"아무 것도."

"알았어."

나는 수화기 뚜껑을 닫는다. 욕조에서 일어나자 물은 파도처럼 출렁거리며 바닥으로 떨어진다. 소리가 요란하다. 수화기를 두다가 온 몸에 붉은 반점이 있는 걸 본다. 몸 여기저기에 붉은 반점이 솟아 있다. 물이 너무 뜨거웠나 보다. 나는 손으로 맨살의 붉은 반점을 쿡 눌러본다. 찬물로 헹구어 내면 반점은 곧 가라앉을 것이다. 붉은 색을 보자 베란다에 있는 베고니아 화분이 생각난다. 날씨가 너무 건조했다. 햇빛이 많고 바람이 많았다. 나는 바가지로 욕조에 있는 물을 푼다.

따뜻한 물이 더 좋을 거야. 이렇게 추운 날에는.

베고니아 화분에 물을 준다. 내가 아는 베고니아는 유행가 가사에 나오는, 우체국 계단에 놓여 있는 꽃이었다. 이른 아침, 찬 보리차를 들고 베란다에서 마시다가 베고니아 화분이 눈에 띄면 남은 보리차를 쏟아 부었다. 차갑고 영양가 있는 보리차가 더 좋을 거라고 말이다. 그런데 그 화분에 꽃이 피었다. 빨간 꽃이다. 작고 여린 꽃잎 안에는 노란 색 술이 있다. 베고니아 화분에 따뜻한 물을 흠뻑 부어준다.

더 빨갛게 자라라.

나는 베고니아에게 메시지를 보낸다.

***빨간 신호등**

“여보세요?”

나는 가능한 표정 없는 목소리를 만든다.

“나야.”

“응?”

“그런데, 왜?”

나는 출근한 지 얼마 안 된 그에게 너 이상 참지 못하고 노골적으로 짜증을 낸다.

“지난 번에 못 나가서 미안해.”

출근한 그가 아니다.

내 목소리는 갑자기 탱탱하게 살아난다. 언제나 아무 때나 불쑥 솟아나는 그리움의 대상이었던 그이다. 마지막으로 결혼하는 서클 친구의 식장에서 우리는 다 모이기로 했었다. 외국에 나갔다는 그에게 오래 전의 전화번호를 누른 적이 있다. 그가 몹시 그리웠다기보다는 왠지 외롭고 쓸쓸해서였다. 감미로운 노래가 나오는 오후, 차 안에서 차마 그 유혹을 물리치기 힘들었다. 목소리라도 한 번 듣고 싶었다. 기대는 하지 않았다. 그는 이곳에 없었으니까. 그런데 질긴 인연처럼 그는 전화를 받았다. 바로 얼마 전에 돌아왔다고 했다. 용건을 말해야 했으니까 나는 제일 늦게 결혼하는 친구의 이름과 식장의 위치를 일러주었다. 그는 꼭 오겠다는 말을 했다. 너를 보기 위해서라도 가야겠다는, 마음으로 나는 받아들였다.

마치 내가 결혼이라도 하는 것같이 들뜬 마음으로 잠도 자지 못하고 식장으로 갔다. 그는 오지 않았다. 씁쓸했다. 그날, 나는 흑맥주를 마시고 잤다. 일생에서 그런 사람을 몇 명이나 더 만날 수 있는지 모르겠다. 본질적인 가까움과 동질성. 그와 나는 서로 비슷하면서도 너무도 달랐다. 그때, 우리는 부르주아적 성향을 가진 나약한 감상주의자로 취급받았다. 사회의 혁명과업을 이루기 위해서 잘라내야 하는 암적인 존재였다. 그렇지만 그와 나는 회색분자였을 뿐이다.

호주로, 영국으로 공부하러 갔던 그는 얼마 전 돌아왔다고 했다. 바람 많은 여의도 한 빌딩에 넥타이를 매고 책상에 앉아 있는 그의 모습은 상상하기 힘들다.

"그래, 내일 전화할게."

여의도에 오면 점심을 사주겠다, 그게 바로 내일이었으면 좋겠다는 그의 제의를 흔쾌히 받아들이며 나는 전화를 끊는다. 학생들이 광장으로 몰려가고 최루탄에 쓰러지고 눈물을 흘릴 때, 당구장에서 당구를 치고 강남역의 월드팝에 가서 춤을 추었다고, 그는 편지에 썼었다. 그는 절망하고 있었다. 그건 사치라고 비웃고 싶었지만 나 역시 똑같았다.

"내게 기대어봐. 나도 너에게 기대고 싶어."

그 말을 되새김질하는 동안 그는 군대에 가기 위해 머리를 깎고 나타났다. 세세히 기억하던 것들이 점점 희미해져 간다. 일기를 쓰지 않아도 기억할 수 있는 게 많았다. 그날 입었던 옷의 색깔, 나를 쳐다보던 누군가의 표정, 커피 향이 진한 카페의 이름, 마지막 전철을 타고 오면서 유리창에 어렸던 얼굴. 이제는 아주 조금만 생각난다.

몇 년이라고 정확히 헤아리지 못할 만큼 그와 언제 마지막으로 만났는지 기억할 수는 없다. 그래도 분명히 기억되는 게 있다. 바보처럼 공중전화 부스 속에서 수화기를 들었다 내렸다 하면서 망설인 적이 있다. 무슨 말을 하려고 했는지는 잘 모르겠다.

그는 그해 학기가 끝나가고 있던 어느 겨울에 나를 좋아한다는 편지를 보냈다. 남자에 대해서 지나치게 폐쇄적이었던 나는 나를 좋아한다는 그 한 줄 때문에 마음이 심하게 흔들렸다. 서클에서 나와 비슷한 취향의 그를 만났을 때, 처음에는 그냥 지나치려 했었다. 그때 나는 대학에 들어왔다는 설렘도, 남자를 만나서 연애하고 싶은 마음도 없었다. 인생의 목표도 없이 우울하고 권태로운 날들을 그저 보내기만 했다. 무언가를 해야만 했다. 좀 더 특별나고 굉장한 무엇이 있어야 했다. 그러기에 나는 너무 약하고 소극적이었다. 그도 비슷했다. 나는 세월이 빨리 흘러가기를 바랐다. 기대할 거 없이 늙어버리고 싶었다. 이것도, 저것도, 아니고 무엇을 해야 하는 뚜렷한 목표 없이 방황했다. 내가 정말로 원하는 게 무엇인지도 모르고 흔들렸다.

나는 그에게 먼저 다가가지 않았지만 상처를 받았다. 자연스럽게 다른 연인들처럼 그렇게 되리라고 기대한 마음속 희망이 너무나 이상적이었는지 모른다. 결정적인 건 내가 너무 서툴고 순진했기 때문이다. 만약 지금 내게 그런 상황이 오면 적어도 혼자만의 가슴앓이로 끝나지는 않을 거 같다. 나를 좋아한다고 고백하는 편지에는 어제 너를 만나서 기분이 좋았다고 했다. 그런데 그게 다였다.

지금 생각해도 그건 아무 것도 아닐 수 있는 것이다. 아무리 순진하고 나이 어린 남자와 여자라 할지라도 이성간이라면, 무엇인가 부족한 게 있었다.

나는 그를 아무렇지 않은 눈빛으로 볼 수 없었다. 태연한 목소리로 말할 수도 없었고, 좋아하는 마음 때문에 옆자리에 편안하게 앉아 있을 수도 없었다. 그는 그런 불편함을 제대로 이해하지 못했다.

전철이 한강 다리를 통과할 때, 감미롭고 나른한 빛에 반짝이는 강물을 보며 그와 마주앉아 얘기하고 싶다는 생각이 물밀듯이 들어찬 적이 있었다. 나는 전철 지나가는 소리가 고스란히 들리는 전화 부스에서 망설임과 싸우고 있었다. 수화기를 드는 순간 누군가 내 뒤에 섰다. 나는 전화 부스에서 나와 그 사람이 전화를 가능한 오래 쓰기를 바라며 기다렸다. 또 다시 내 차례가 왔다. 나는 수화기를 들고, 비밀 암호처럼 마음속에 품고 있던 숫자를 꾹꾹 눌렀다. 탁, 하고 통화음으로 바뀌는 순간, 나는 수화기를 내려놓고 말았다.

"어떤 식으로든 내가 살아 있는 한, 내 인생 속에 꼭 속해 있어야 할 사람은 바로 너다."

그때 내가 전화로 하지 못했던 말들을 그는 알까?

공항철도 편의점

공항철도 편의점

마지막 전철이 도착했다. 사람들이 꾸역꾸역 몰려나오기 시작했다. 저기에 저렇게 많은 사람들이 타고 있었다니, 새삼 놀랍기도 하다. 바쁘게 카드를 찍어대는 소리가 규칙적으로 들려오고 나는 퇴근 준비를 서두른다. 마지막 전철을 타고 온 사람들은 다시 마지막 버스를 타려고 뛰어나간다. 나도 빨리 편의점 문을 닫고 셔터를 내리고 나가야 한다. 차를 놓치면 뛰어가는 수밖에 없다. 오늘은 정말 그러고 싶지 않다,

마지막 전철을 타고 온 사람들 중 편의점으로 들어오는 사람은 거의 없다. 나는 미리 챙겨 둔 폐기 음식을 담은 검은 비닐봉지를 카운터 위에 올려놓는다.

사람들은 전철을 타기 전에 편의점에 들른다. 아침에는 숙취를 해결

하기 위해 생수나 컨디션을 사서 단숨에 마시고 한숨을 크게 내쉬고 나가는 중년 남자들이 많다. 간혹 설탕물맛이 나는 꿀물을 마시는 남자들도 있다. 술을 마시고 온 날, 꿀물 한 잔 타주지 않는 여자와 사는 비루한 남자들의 삶. 나는 혼자 몰래 고갯짓을 하기도 한다. 밥을 먹지 못한 어린 여자들은 커피와 우유가 섞인 음료를 좋아했다. 그녀들은 빨대를 챙겨 가지고 가방 속에 음료를 넣고 나간다. 귀에 이어폰을 꽂고 노래를 듣거나 끝까지 보지 못한 영화를 보면서 빨대를 빨아댈 것이다.

"저기요?"

문 닫기 직전에 오는, 반갑지 않은 손님이 들어왔다.

"네?"

나는 별로 친절하지 않게 대답했다.

"외상으로 충전이 안 될까요?"

여자가 티머니 교통카드를 손가락 사이에 끼운 채 눈을 동그랗게 떴다. 나는 여자가 들으라고 일부러 어이없다는 한숨을 크게 내쉬었다.

"안 되는데요."

이번엔 아주 불친절하게 말했다. 지난 번 본사에서 내려와 손님을 가장해 내 친절도와 근무태도를 평가했는데, 그 동안 알바생 중에서 최하 점수를 받았다고, 사장이 말했다.

"48점. 아무도 그런 점수를 받은 적이 없어."

우리 아버지와 나이가 비슷한 사장은 어이없어 하면서도 나를 자르지는 않았다. 어차피 알바생은 다 비슷하다는 게 사장 생각인 것 같았다. 몹시 친절하지만 어느 날 갑자기 그만두어서 난처하게 하는 것보다는 불친절하나 그래도 오래 할 거 같아서 그냥 두는 게 아닐까, 하는 생각을 해봤다.

긴 생머리를 늘어뜨리고 카키색 야상 점퍼에 물 빠진 청바지를 입고 있는 여자는 갈 생각도 없이, 계속 나를 쳐다보고 있었다. 나는 카운터의 금고를 잠갔다. 그리고 미리 챙겨둔 폐기 음식이 담긴 검은 비닐봉지를 들었다.

"저기요?"

여자가 또 불렀다. 내가 먼저, 그만 나가라고 말하려고 했는데, 여자가 먼저 입을 열었다. 뭔가 조짐이 안 좋았다.

"그거요, 나 주면 안 돼요?"

여자는 커피우유와 참치샌드위치와 삼각김밥과 크림빵이 든 검은 봉지를 가리켰다. 유통기한이 이미 넘은 것도 있고, 오늘밤 12시를 지나면 버려야 할 것들도 있었다. 그러나 이 쓰레기통에 버려질 음식들이 나의 식량이 되었고, 집에 가면 나를 기다리고 있는 식구들은 밤참으로 이 야식들을 잘도 먹었다. 유통기한이 지났다는 건 아무 문제도 되지 않았다. 간혹 아무 것도 가져가지 못할 때, 식구들은 대놓고 실망감을 드러냈다.

"뭐야, 오늘은 아무 것도 없어? 에이 여태껏 기다렸는데."

뱃살을 걱정하는 엄마는 아예 냉장고에 모셔두었다가 며칠 동안 먹는 눈치였다.

나는 검은 봉지를 집었다.

“이걸 왜 줘요?”

나는 뭔가 대단한 것이라도 되는 것처럼 비닐봉지를 움켜쥐고 소리쳤다.

“어차피 버리는 거 가져가는 거잖아요. 그 대신 나한테 넘기라고요. 배고픈데 아시다시피 돈이 없어서요.”

정말 어이가 없었다. 술이나 먹었으면 술주정이라고 하겠지만 겉으로는 멀쩡하게 생긴 여자가 진지하게 얘기하니까 할 말이 없었다.

“차비도 없어서 걸어가야 하니까 천천히 먹으면서 가게요.”

나는 그제야 비로소 여자를 천천히 살폈다. 긴 생머리는 정리가 되지 않고 부스스하면서도 길이도 일정하지 않는 것 같았다. 화장은 하지 않은 거 같았다. 청바지에 야상 점퍼를 입은 평범한 차림새였다.

“이거 말이에요?”

나는 폐기 음식이 든 검정 비닐봉지를 그 여자의 얼굴 앞에 흔들어대고 물었다. 일부러 좀 창피를 줄 생각으로 얼굴 앞에 들이댄 것이다.

“네, 그거 자기 것도 아니잖아요. 어차피 버려야 되는 거 가지고 가는 거잖아요?”

그 여자는 더 당당하게 나왔다. 사람들은 다 빠져나갔는지 조용했다. 막차가 끊겼다. 오늘따라 손님이 많아서 제대로 앉아 있지도 못하고 피곤해 죽겠는데, 난데없는 여자 때문에 걸어가게 생겼다. 짜증이 확 일었다.

"문 닫아야 하니까 나가주세요."

여자는 선선히 문 밖으로 나갔다. 나는 전원 스위치를 끄고 하루 종일 모아두었던 쓰레기봉투를 끌어냈다. 쓰레기봉투는 손으로 들 수 없을 만큼 크고 무거워서 나는 늘 버스정류장 옆까지 질질 끌고 가야 했다. 쓰레기봉투를 미는데 그 여자가 맞은편에서 밀어준다.

"됐어요."

나는 여자의 속셈을 알 수 없어 퉁명스럽게 말했다. 그래도 여자는 있는 힘을 다해 쓰레기봉투를 밀었다. 나는 이번엔 얼굴을 여자 앞으로 내밀고 짜증스럽다는 표정을 보였다.

그래도 여자 진상은 남자 진상에 비하면 나았다. 지난 번에 술 처먹고 들어와서 주정부리는 놈 때문에 경찰서까지 갔다가 왔다. 인상이 아주 더럽게 생긴 놈이었는데, 다짜고짜 반말로 담배 라크를 달라고 했다. 라크는 찾는 사람이 별로 없어서 담배 케이스 중에서 맨 뒤쪽에 있는데, 그날은 하나도 없었다.

"없는데요."

나는 조금 불친절하게 대답했다.

"뭐, 없다고? 너, 내가 들어가서 찾으면 죽는다."

나잇살이나 먹은 놈이 눈을 부라리며 시비를 걸었다. 그러더니 카운터의 물건을 집어던지고 휘젓더니 나가버렸다. 나는 놈을 따라나갔다.

"아저씨 저렇게 해놓고 가면 어떡해요?"

"뭘 어떡해? 네가 치우면 되지."

그러고는 내 몸을 밀치고 돌아서려고 했다. 나는 그 순간, 도망치려는 놈의 멱살을 잡았다. 놈도 내 멱살을 잡고 실랑이가 벌어졌다. 싸움에는 구경꾼이 모이는 법. 어느덧 사람들이 모여들고 역구내 철도 직원 아저씨가 경찰을 불렀다. 어떻게 알았는지 편의점 사장 아저씨도 왔다.

경찰차를 타고 경찰서로 가서 조사를 받았다. 술이 깬 진상은 그제야 상황 파악이 되는지 수그러드는 것 같았다. 조서를 꾸미고 다음날 다시 오라고 했다. 그날 밤, 사장이 술을 사줬다.

"CC카메라에도 찍혔으니까 너는 불리할 거 하나도 없어. 진단서 끊어서 내면 합의금 500은 받을 거야."

사장은 진단서를 끊으라고 아예 돈 10만 원을 쥐어주었다. 지금은 새벽이니까 내일 병원에 가서 진단서 끊고 경찰서로 가자고 했다. 공돈이 생긴다는 사실에 기분이 좋아졌다. 그런데 목에 걸려 있던 금목걸이가 없어졌다. 동그란 펜던트가 달린 18K 금목걸이였다. 펜던트 안에는 내 이름의 이니셜이 박혀 있었다. 집으로 돌아오는 길에 잃어버린 목걸이에 새겨진 내 이니셜 K를 생각했다. 하지만 합의금은커녕, 내 돈 20만 원을 날렸다. 전치 2주 진단서를 끊는데 30만 원이 들었고, 그런 경험

이 많은 진상 남자도 허리가 아프다며 진단서를 끊어왔다. 경찰은 쌍방 과실로 그냥 서로 없던 걸로 하라고 했다.

대학에 입학해 처음 사귄 여자가 해준 목걸이까지 날려버린 셈이었다. 그 여자와 헤어졌지만 나는 미련처럼 목걸이를 가지고 있었다. 군대 가기 전 마지막으로 목걸이를 돌려준다는 핑계로 여자를 만날 생각이었는데 그 기회가 사라져버리고 말았다.

"지하철 노선 중에서 푸른 색으로 그려진 게 몇 호선인지 알아요?"

정말 이상한 여자다. 별 거 다 묻는다. 차라리 여친이 있냐, 하룻밤 재워줄 수 있냐, 이런 걸 물어야 되지 않나?

"공항철도요. 그래서 내가 처음 타기 시작했어요. 오늘은 막차 시간을 몰라서……."

"집에 안 가요?"

나는 쓰레기봉투를 질질 끌며 말했다.

"어떻게 가요? 버스도 끊겼는데."

여자는 아무렇지도 않게 말했다.

전철역사 밖으로 나오자, 택시 기사들이 벤치에 앉아서 자판기 커피를 마시고 담배를 피우며 멍 때리고 있다.

"아가씨, 어디까지 가요?"

한 택시 기사가 여자를 보고 불량스럽게 말을 붙인다.

"택시 안 타요."

여자는 굳이 대답하지 않아도 되는데 대답한다.

"지금 차 다 끊겼는데. 택시비 없어? 그냥 태워 줄까?"

택시 기사가 여자에게 수작을 건다. 술을 먹었는지 말끝이 춤을 추듯이 늘어진다.

"나랑 같이 갈 거예요."

나는 택시 기사에게 시비조로 말한다.

"정말요?"

여자가 눈을 동그랗게 뜨고는 팔을 잡는다.

"가요."

나는 택시 기사가 다시는 찝쩍대지 못하게 얼른 버스정류장 쪽으로 걸었다.

바람이 여기저기로 달라붙는다. 시의 경계선인 정류장은 평소에도 한적한 편이지만 지금은 아무도 살지 않은 것처럼 적막하기만 하다. 그래서일까. 옆에 서 있는 여자가 조금은 친근하게 느껴졌다. 쓰레기봉투를 쓰러지지 않게 잘 세워두고 주머니에 손을 넣었다.

나는 걷기 시작했다. 여자는 핸드폰을 들여다보느라 걸음이 느렸다. 짜증이 일었다. 여자를 무시하고 앞서서 가야 하는데, 내 발걸음이 여자에게 맞춰졌다. 오늘밤은 제대로 잠을 자기 틀렸다. 늦은 밤, 잠자리에 들면 언제나 악몽을 꾸었다. 그래서 이 나이에 식은땀을 흘리며 엄마와 아빠가 잠든 방으로 이불을 들고 달려간 적도 있었다.

악몽의 원천은 불안. 엄마는 쉽게 결론을 내주었다. 내 스물한 살의 푸르른 영혼이 불안으로 물들어 있다니, 너무 억울했다. 그러니까 빨리 결혼해서 한 이불 속에 잠자는 누군가를 구해야 한다고 했다. 꿈과 희망, 목표. 이런 지겨운 얘기를 듣는 것도 신물나지만 불안한 영혼이라니, 이건 아들에게 할 소리는 아니다 싶었다.

"공항철도 타고 끝까지 가봤어요?"

여자가 갑자기 앞으로 달려와 물었다. 공항철도의 끝은 외국으로 나가는 국제공항역이었다. 나는 아직 어학연수도 배낭여행도 다녀오지 못한 프롤레타리아 인생이었다.

"왜요?"

아니오,란 말 대신에 그런 걸 왜 물어보냐고 했다.

"거기는 밤을 보내기에 아주 쾌적하고 안락하거든요."

여자는 많은 밤을 보낸 즐거운 추억이 있는 것처럼 얘기했다.

"화장실 순례도 좋아요. 여자들은 화장실에서 진짜 화장을 하거든요. 대부분 새로 산 화장품이 든 예쁜 파우치를 꺼내놓고 화장을 고치고, 마지막으로 얼굴을 이리저리 돌려보고, 손으로 툭툭 옷을 털고 나가죠. 파우치는 그대로 두고."

여자는 핸드폰으로 뭔가를 치며 말했다.

"대부분 여자들은 다시 들어와 파우치를 가지고 나가지만 그렇지 않은 여자도 많죠. 남자가 밖에서 기다리고 있는 여자들은 절대 들어오지 않아요."

여자는 손가락으로 문자판을 두드리며 말했다.

"남의 물건 슬쩍하는 게 취미인가요?"

나는 폐기 음식이 든 검은 봉지를 흔들며 말했다.

"아니요. 어차피 누군가는 가져가는 거 내가 먼저 가져가는 것뿐예요. 내가 그거 가져가서 다시 팔 것도 아니고. 팔 수 있으면 좋은데. 이상하죠? 왜 화장품은 중고가 없는 거죠?"

난 화장품 따위는 관심 없다. 화장품 선물할 여자 친구도 없고, 이제 곧 군대를 가야 한다. 군대 가기 전 날, 여자 친구와 밤을 보내는 추억 하나 정도 가지고 있으면 좋겠지만 지금으로서는 식구들과 둘러앉아서 프라이드치킨과 양념치킨을 세트로 시켜서 먹고 자다가 엄마 아빠 옆에서 그 밤을 보내지 않을까 싶었다.

"배고픈데 먹죠."

여자가 정말로 비닐봉지를 확 채갔다. 그러고는 뒤적뒤적하더니 참치샌드위치와 커피우유를 꺼낸다.

"우리 집은 여기서 너무 먼데……."

여자가 샌드위치를 씹으며 말했다.

"있잖아요. 불안은 영혼을 잠식한다……. 아주 오래된 영화 제목인데, 이 말 너무 무섭지 않아요?"

나는 우유를 마시다 사레가 들려서 켁켁댔다. 나는 나의 불안이 무엇 때문인지 모르고, 불안이 두려웠다.

"나는 불안이 전염된다는 게 무서워요. 나는 그냥 우리 부모처럼 겉으론 아무 근심 걱정 없고 평범하고 안락하게 살 거라고 생각했는데, 그게 사실은 쉽지 않은, 어떻게 보면 선택 받은 자들이란 걸 어렴풋이 알게 되고, 그렇기 되기 위해 몸부림치는 사람들이 있다는 게……. 나는 그냥 모르는 척하며 살고 싶은데……."

가끔 차들이 지나치게 빠른 속력을 내며 달려갔다. 나는 여자의 말을 들으며 차 불빛에 드러난 여자의 얼굴을 보았다.

"처음에 대학생활은 신났죠. 최고의 수재들이 모인 곳. 공부 잘하고 잘생기고 멋진 남자들에 둘러싸여 공주가 된 것 같기도 하고. 그런데 어느 날부터 균열이 생기는 거예요. 불쑥불쑥 불편한 사람들이 끼어드는 거예요. 내가 쉽고 당연하게 가졌던 거, 그것 때문에 움츠리고 독기를 품고, 어둡고 가라앉는 눈빛을 갖게 된 늙은 소년……."

여자는 다 마신 커피우유곽을 찌그러뜨려서 아주 납작하게 만들었다. 그리고는 차도에다가 획 날려버렸다.

"그런 늙은 소년들은 머리 좋고 성실하고 성격까지 좋은 동기들과의 경쟁을 감내하지 못했어요. 지하셋방에 사는 엄마는 개천에서 용 났다고 좋아하고, 술 마시는 아버지는 이제 고생이 끝났다고 벌써 축하주를 마셨죠."

여자가 물었다.

“담배 하나 줄래요?”

담배를 끊기 위해 일주일에 한 갑만 피우려고 주머니에 넣어두었던 말보로를 꺼내서 한 개비를 빼냈다. 여자는 라이터를 손에 쥔 채 담배를 기다렸다.

“뉴스에서 봤을 거예요. 그 대학, 오로지 공부만 해야 존재할 수 있는 대학, 신입생부터 취업전선에 뛰어들지 않아도 되지만 거기서 버티는 게 어떤 건지. 나 같은 아이는 오로지 공부만 하면 되지만 늙은 소년은 비로소 부조리의 존재에 대해서 방황하며 깊은 시름에 빠지고 성적은 곤두박질하고, 부조리한 미래도 결코 달라지지 않는다는 걸 알아차린 거죠.”

여자는 담배를 깊게 빨았다가 천천히 내뱉었다.

“그래서 죽었다고 하면 정당한 건가요? 누구한테?”

여자의 말이 편하게 받아들여지지 않았다.

“알아요. 아무에게도 정당하지 못하고, 나비효과처럼 차례차례 누군가를 또 잠식해 들어간다는 거. 재수 없게도 내가 첫 번째 바람막이가 된 거에요.”

여자는 연극배우처럼 말했다. 나는 걸음을 멈추었다. 지나가는 차가 클랙슨을 울려댔다. 그 자리에 섰다.

“그래서 당신이 그 다음 차례였다면, 내가 그 뒤로 재수 없는 사람이 되라는 건가요?"

나는 갑자기 이 여자에게 뭔가 얽히는 느낌이 들어서 불쾌했다.

"착각하지 말아요. 늙은 소년은 내가 좋아했던 사람이니까요. 서로의 영혼이 교감되고 상호작용이 있어야 오랜 세월이 흐른 뒤에도 후유증이 있는 법이니까. 당신과 나는 아무 사이도 아니잖아요. 오늘 처음 만났는데……."

여자의 말이 맞다. 오늘 처음 만난 여자에게 나는 아무 감정이 없다. 그래도 뭔가 배반당한 느낌이 든다.

"돈이 없다는 건 거짓말이군요?"

나는 여자를 공격하기 시작했다.

"지금 돈이 없다는 건 맞아요. 돈이 떨어졌어요. 카드도 사용한도가 넘어서요."

여자는 다시 담배를 달라고 했다.

"자기가 제일 하고 싶은 얘기를 할 수 있는 사람이 누군지 아세요? 지금처럼 처음 만난 사람, 다시는 만나지 않을 사람."

여자는 야상 점퍼의 모자를 뒤집어 쓴 채, 나를 쳐다보지도 않은 채 말했다.

"그래요, 뭐든지 말해봐요. 다 들어줄게요."

여자의 말에 마음이 편해졌다.

"오늘, 몇 시에 공항철도가 출발하는지 알아요?"

나는 모르겠다고 고개를 흔들었다.

"나랑 같이 첫 공항철도 타보지 않을래요? 사람이 아주 많아요. 공항에서 일하는 사람들로 앉을 자리도 없죠. 그게 다행이죠. 왜냐하면 서 있어야 더 멀리까지 바다를 볼 수 있어요. 한강 다리는 건너는 시간이 아주 짧아서 시시한데, 공항철도를 타고 다리 위를 지나는 시간은 인생의 중요한 걸 결정할 수 있을 만큼은 돼요."

여자는 말을 하고 나서 웃었다. 이상한 여자였다. 하지만 인생의 중요한 걸 결정할 수 있다는 시간이 있다는 게 나를 유혹했다.

"너무 춥지 않아요?"

여자가 점퍼 주머니에 넣은 팔로 내 팔을 슬쩍 건드렸다.

"편의점 열쇠 있죠? 들어가 있다가 첫 전철을 타고 다리를 건너 공항으로 가는 거 어때요? 그래봐야 고작 몇 시간에요. 컵라면은 내가 살게요."

여자의 얼굴이 지나가는 차 불빛에 환하게 비쳐졌다가 다시 사라졌다. 하기는 집으로 가는 길이 버스로 몇 정거장이 되지 않지만 걸어서는 꽤 많은 시간이 걸렸다. 그리고 너무 추웠다. 나는 주머니 속의 열쇠를 만지작거렸다. 그리고 인생의 중요한 걸 결정할 수 있을 만큼의 시간이 있다는 다리를 건너고 싶었다.

"가요."

나는 뒤를 돌아서 여자에게 편의점 열쇠를 흔들어 보였다.

내 남자의 가벼움

내 남자의 가벼움

***닭다리**

그녀가 내 집에 있을 거란 생각만으로 일에 집중할 수가 없다. 내게 여자는 인생에 포함되지 않을 거라 생각했다. 그런데 그녀가 어느 날 내게 걸어 들어왔다. 거짓말처럼.

나는 여자 없이도 나름대로 꽤 담백하게 살고 있었다. 그녀뿐 아니라 내가 아는 여자에게는 상쾌한 웃음을 보이고, 친절하게 대해주고, 밥값을 내주고, 점잖지만 유쾌한 농담을 주고받으며 술자리를 지켰다. 음침한 눈빛은 보내지도 않았다.

"저, 잠깐 시간 좀 내주시겠어요?"

그녀는 머뭇거리며 말했다.

"무슨 일인데요?"

사무실 긴 소파에 파묻혀 있던 나는 그녀를 올려다보았다.

"교통 편의시설에 대한 설문조사예요."

흰 색 반바지 아래, 거침없이 쭉 내리뻗은 다리로 눈길이 흘렀다. 텔레비전에서 흔히 볼 수 있는 길고 마른 다리가 아니었지만 내 눈 앞에 있는 통통한 다리는 위력을 발휘했다.

내가 어떻게 그녀를 거절할 수 있을까. 나는 웃으면서 설문지를 받았다. 일 년에 한 번 시 발전연구원에서는 이따위 설문조사를 한다. 버스, 지하철, 택시를 이용할 때의 불편함에 대한 항목이 꽤 많다. 하지만 나는 아무 것도 이용하지 않는다.

"이거하면 무슨 혜택 있어요?"

"시에서 의견을 적극적으로 반영해서 개선해줄 거예요."

그녀는 교육받은 대로 대답을 했다.

"아니요. 그게 아니라 내가 설문지 해주면."

"네?"

그녀는 손으로 입을 가리며 수줍게 웃었다.

자꾸 그녀의 다리가 눈에 아른거린다. 뽀얀 얼굴과 긴 머리카락에 어린 냄새가 아니라 내 눈 앞에 턱하니 버티고 섰던 튼실한 다리가 떠오른다.

점심시간에 사무실 직원들과 삼계탕을 먹으러 갔다. 뽀얗게 끓어오르는 국물 속에 꼬여 있는 닭다리가 요염해 보인다.

"맛있겠다."

누군가 입맛을 다시며 말했다. 나는 그녀를 떠올리며 혼자 얼굴을 붉힌다. 내가 즐겨 먹는 메뉴 중의 하나가 닭가슴살로 만든 요리다. 지방도 없고 근육을 만들기에 좋은 음식.

내가 간절히 원하는 것이 있다면 그녀처럼 쭉 뻗은 다리를 가지고 당당히 땅을 짚고 서 있는 것이다. 그렇다. 나의 영원한 로망은 힘차고 튼튼한 다리다. 그 다리로 걷고, 무례하게 구는 놈에게 조인트를 까고, 그리고 여자의 부드러운 다리를 꽉 조여주고.

"너무한 거 아네요? 여자보다 조금 먹는 거."

식탐을 보여도 흉이 되지 않을 만큼 편한 사무실 여직원들은 눈을 흘긴다.

내가 내 한 몸을 주체하기 위해서, 그래서 가벼워지기 위해서, 먹는 즐거움을 포기한 지 이미 오래됐다는 걸 그녀는 알기나 할까.

***아이스크림**

인터넷을 뒤져서 알바를 찾는 것도 이젠 신물난다. 나는 혼자서 일용할 양식을 감당하는 게 얼마나 큰 짐인지 절실히 깨달았다. 시지프스의

신화는 그래서 언제 끝날지 모른다.

나는 식탁에 설문지를 펼쳐놓는다. 내일 갖다 주려면 정리해야 한다. 아무래도 매수가 부족하다. 그럴 듯하게 거짓으로 대충 쓰는 일에도 이력이 났다. 일을 시작하기 전 냉동실에서 아이스크림을 꺼낸다. 1,000원에 두 개짜리 싸구려 아이스크림을 먹는다. 예전엔 다이어트 때문에 단 음식엔 손도 대지 않았다. 지금은 눈 앞의 행복이 우선이다. 그래서 피곤하면 초콜릿도 사탕도 잘 먹는다.

나는 볼펜으로 글씨체를 바꿔가며 설문지를 작성한다. 다행히 시발전연구소 젊은 남자 연구원들은 까다롭게 굴지 않는다. 그나마 올 여름엔 이 설문지로 생계를 유지하고 있다.

그 남자의 설문지가 나왔다. 이름이 모 재벌총수와 똑같다. 나는 남자의 글씨를 유심히 들여다본다. 힘이 느껴진다. 있는 힘껏 꾹꾹 눌러쓰던 남자의 진지함이 다른 사람하고 달랐다.

나는 그때, 햇볕이 내리쬐는 거리로 마지못해 나왔다. 더 이상 그곳에 버티고 서 있을 이유가 없었다. 그 남자를 두고 나오기가 왠지 아쉬웠다. 흰 색 폴로셔츠에 금테 안경을 쓴 남자는 샤프하고 인텔리적인 인상이었다. 무엇보다 내가 하는 일을 호의적으로 받아주었다. 내게는 한 건당 얼마간의 돈이 생기는 구차하면서도 절박한 일이었고, 다른 사람에게는 시간을 버리는 쓸데없는 짓이었지만 남자는 호응해주었다.

남자는 월평균 급여를 '다' 항에 체크했다. 4인 가족을 먹여 살리기에도 충분했다. 내가 설문지 한 장을 받아내서 한 달 동안 벌 수 있는 돈과 비교되지 않았다. 예전에 한 달 용돈이었지만 이제는 최저생계비가 돼버렸다. 아르바이트에 매달리면서 내 꿈도 자꾸 뒤로 밀려나가고 있다.

나는 남자를 뒤에 두고 천천히 걸어 나왔다. 남자가 나를 따라오기 위한 충분한 시간을 주기 위해서. 마음만 먹으면 남자는 얼마든지 걸을 수 있는 것처럼 보였다. 하지만 남자는 저기요, 하면서 뒤에서 나를 부르며 올 수가 없었다.

내가 만났던 남자들하고 전혀 다른 부류지만 자꾸 남자가 따라 붙는다. 아마 그 동안 너무 외로웠거나 삶이 고달팠기 때문일지도 모른다. 내 인생은 이 나이에 벌써 갖출 것은 다 갖추고 지나갔다. 대학 2학년의 휴학생인 내 미래는 안개뿐이다.

나는 담배에 불을 붙이고 다리 건너 아파트를 바라본다. 늦은 아침의 브런치, 닭가슴살 샐러드, 백화점 순례, 홍대 앞 클럽, 다리가 긴 남사친구들, 미니쿠퍼, 새벽녘의 생라면집.

한때, 나는 그랬다. 신촌에 있는 대학에 다니고, 강남 압구정아파트에 살 때, 나는 별 고뇌 없는 머리를 가졌던 덕분에 흰자위에 푸른 기가 도는 눈빛을 가졌다. 대학에 입학하자마자 전투적인 태세로 도서관의 자리를 맡아 세상과 담 쌓고 공부하는 부류와 달랐다. 어떻게든 부와 명예를 거머쥐려는 열망이 없었던 나의 순진무구한 눈빛이 나도, 다른 사람들도 마음에 들었다.

그 집에서 내가 하는 일이라곤 다이어트에 관한 책을 읽고, 옷장 문을 활짝 열어젖히고 그날에 따른 옷을 입어보고, 인터넷에서 화장품 체험기나 연예인 가십거리를 읽고, 참을성 있게 한 가지의 다이어트를 실행하는 것이었다.

그때 내게 부족한 게 딱 한 가지였다. 너무 충만한 몸. 나는 좀 더 결핍돼 보이기를 원했다. 어렸을 때 가지고 놀던 탱탱볼처럼 몸 어디를 눌러도 살이 통통 튕겼다. 과잉된 영양공급과 물질적 풍요의 후유증으로 나는 다이어트에 생사를 걸어야 했다.

설문지를 챙겨놓고 잠자기 전 마지막으로 담배에 불을 붙인다. 그때 다이어트의 일환으로 시작된 담배였지만 지금은 중독이다. 마른입 사이로 내뱉은 연기로 내 숨결이 흩어진다. 또 무슨 알바를 해야 할까.

그래서 나는 그에게 문자를 보냈다.

＊문자 메시지

발신자가 그녀인 줄 전혀 예상하지 못했다. 나는 망설였다. 뭐라고 문자를 보내야 할지 보고서를 쓰는 것보다 더 고민스러웠다. 그렇지만 내색하기 싫었다. 여자에 대한 두려움, 그것도 젊고 아름다운 여자에 대한 두려움을 들키고 싶지 않았다. 그래서 나는 그녀의 문자에 답장을 했다.

나에게 여자는 멀리서 바라보기에 좋은 것이었다. 가까이서도 그저 보는 것뿐이지 여자와 함께 하는 어떤 것도 쉬운 것이 없었다.

나는 문자를 몇 번이나 썼다가 지웠다. 마음에 드는 글이 써지지 않았다. 여자의 얼굴보다도 바로 눈앞에 버티고 섰던 다리가 떠올랐다.

이쪽으로 오시죠.

나는 가능한 짧고 담백하게 썼다.

"누구시죠?"

막상 그녀에게 전화가 오자 나는 시치미 뚝 떼고 모른 척하며 받았다. 유난히 톤이 높은 목소리는 내가 듣기에도 어색했다.

나는 현재의 삶에 그럭저럭 만족한다. 물론 더 욕심내고 싶다. 일회용이 아닌 정신적 충족감을 느낄 수 있는 여자를 만나고 싶다. 그런 여자가 없었던 건 아니다. 얼굴이 하얗고 눈동자가 유난히 까맣던 여자가 있었다. 같은 모임에 속한 여자였다. 눈빛으로 마음을 나눌 수 있을 것 같았다. 하지만 그 여자와 나는 서로의 짐을 나눠가질 수 없었다. 한 집에서 두 개의 휠체어는 곤란했다.

그 여자와 헤어진 후 나는 더 가벼워지기 위해 노력했다. 여자 하나 안아 올리지 못하지만 누구한테 짐이 되고 싶지 않았다. 엄마의 등에

업혀 학교를 다닐 때는 먹는 게 유일한 낙이었다. 엄마는 오로지 나를 위해 음식을 만들었다. 별로 돈이 없었던 엄마는 자기 방식대로의 메뉴를 개발했다.

그 중 가끔 먹어보고 싶은 게 있다. 밥으로 만든 빈대떡. 먹다 남은 찬밥에 있는 반찬과 김치를 송송 썰어 넣고 비벼 기름을 넉넉히 두른 프라이팬에 구워낸 빈대떡. 그 빈대떡을 난 순식간에 먹어치우곤 했다. 나는 점점 비만해졌다. 어느 날, 엄마는 나를 업고 가다가 쓰러졌다. 그때부터 나는 스스로 내 몸을 감당해야 했다.

"너가 다른 사람처럼 사는 게 내 소원이다."

엄마의 유언을 받아서 나는 공부했다. 운 좋게 공무원이 됐고, 승진도 했다. 사회생활을 하면서 나는 더 가벼운 남자가 됐다. 그렇지만 담배는 많이 피웠다. 볕 좋은 창가에 앉아 거리를 내다보며 담배 피우는 게 좋았다. 술도 마셨다. 동료들이 끼워주는 술자리를 마다하지 않고, 적당히 취해 남자들끼리 가는 곳도 갔다.

"배만 볼록 나왔네요."

나를 모욕하지 않고 편안히 안게 해주던 여자가 말했다. 유난히, 아니 기형적으로 팔 다리가 가는 내게 그건 정말 우스운 몸이었다. 술의 칼로리가 뱃살의 주범이었고, 몸에 밴 담배냄새는 외로운 남자의 상징처럼 느껴졌다. 나는 술과 담배를 끊었다. 멋진 남자는 아니어도 산뜻한 남자가 되고 싶었다.

＊백화점

나는 백화점을 좋아한다. 나의 취미는 백화점이나 대형마트 쇼핑이다. 천천히 휠체어바퀴를 돌리며 옷부터 시작해서 장난감, 가전제품, 욕실용품을 모조리 훑어본다. 그리고는 싸고 좋은 물건을 고른다. 마음에 드는 것을 샀을 때의 흡족함 때문에 나는 휴일의 대부분을 백화점에서 보낸다.

또 백화점에선 무엇이든지 자신 있다. 그래서 그녀를 백화점에서 만나기로 했다. 화장품과 향수 냄새가 날리는 1층 로비를 나는 어슬렁거렸다. 눈길이 마주치는 매장 여자마다 살짝 미소를 보내주는 것도 기분 좋다.

향수를 바꿔볼까. 아직 진한 향수를 뿌리기엔 난 젊다. 그래도 매일 아침 집을 나서기 전 와이셔츠 한 가운데 블루 옴므를 분사한다. 혼자 사는 남자의 냄새를 없애기 위해서가 아니다. 여자를 자주 안지 못하는 남자의 초라함을 숨기기 위해서다. 내가 여자를 안기 위해서 갖는 굴욕감을 잊기 위해서다.

그녀를 만나기로 한 시간이 지났다. 갑자기 화장실이 가고 싶다. 미리 갔었어야 했는데, 실수다. 점심은 갈치구이를 반 토막 먹었을 뿐이다. 밥도 반 공기에 국도 먹지 않았다. 물은 입을 헹굴 정도만 마셨을 뿐인데. 더군다나 퇴근하면서 화장실까지 들렀다.

내게 제일 금기시 되는 음식은 물 종류다. 물을 하루 1리터 이상 마시면 자연히 살이 빠진다고 여직원들은 생수통을 끼고 산다. 만약 내가 그렇게 많은 물을 마신다면 난 정상적인 생활을 할 수 없을 것이다. 물을 마시면 몸의 수분을 보충해주고 남는 건 그냥 햇빛에 마르고 바람에 날아가면 얼마나 좋을까. 그러면 내 삶도 그만큼 가벼워질까.

어쩔 수 없다. 화장실을 가자. 나는 휠체어를 굴리며 화장실로 들어갔다. 바지 지퍼를 내리고 소변을 보고 휙 돌아서는 보통 남자들하고는 다르다. 난 화장실에 일 보는 게 간단한 샤워하는 시간과 맞먹는다. 외출할 일이 있을 때, 난 가능한 물 종류는 입에 대지 않는다.

화장실은 청소도구가 한 쪽에 쌓여 있어서 쉽게 문이 열리지 않았다. 간신히 문을 열고 들어갔다. 겨우 옷을 입고 휠체어에 다시 앉았을 때, 청소부 아주머니가 들어왔다.

"입구를 막아놓으면 어떡해요?"

화가 났다.

"치우고 들어가면 되죠."

"뭐라고요? 여기가 누구 화장실인 줄 알아요?"

"죄송합니다. 앞으로 조심하겠습니다. 별로 이용하는 사람이 없어서요."

난 마음이 상했지만 참기로 했다. 비록 청소부 아주머니가 욕을 중얼거렸지만 그 정도는 익숙했다.

그녀는 금방 도착했는지 손부채로 얼굴을 흩날리고 있다. 핑크빛 민

소매에 흰 색 반바지를 입은 그녀의 수수한 차림이 몹시 싱그러워 보인다. 둥글고 부드러운 무릎이 무척 섹시해 보인다. 그리고 쭉 뻗어 내린 튼튼한 다리. 난 그녀의 다리를 향해 미끄러져 갔다.

"미안해요."

나는 화장실에 갔다가 늦었다고 말하지 못했다.

"괜찮아요."

그녀는 어색한 웃음을 지으며 다가왔다. 그녀도 다른 사람처럼 내 얼굴만 본다. 휠체어에 얹혀 있는 다리는 보고 싶지 않다, 상관없다는 듯, 오로지 내 눈만 들여다본다.

"밥 먹으러 가요."

나는 먼저 뒤로 돌았다. 우리는 엘리베이터를 타고 식당가로 갔다. 나는 창가에 테이블 좌석이 있는 일식집으로 그녀를 데리고 갔다. 그녀는 생선초밥을 씩씩하게 먹었다. 나는 반이나 남았는데 그녀는 벌써 다 먹었다. 생선구이도 생선회도 그녀는 맛있게 먹었다.

"진짜 맛있다."

그녀는 어린애처럼 말했다.

"내일부터 굶어야겠어요."

그녀는 약간 원망스런 눈빛으로 날 쳐다봤다.

"왜요?"

"너무 뚱뚱하잖아요."

그 순간, 나는 그녀를 한 대 쳐주고 싶었다.

"뭐가 뚱뚱해요? 정말 보기 좋은데."

그녀는 믿지 못하겠다는 듯 눈을 동그랗게 떴다.

"여자들은 이상해요. 무조건 날씬하면 남자들이 좋아할 거라고 생각하나 봐요."

순간, 그녀가 날 노려보았다.

＊자판기 커피

남자는 백화점을, 아이쇼핑을 좋아한다고 했다. 난 그 두 가지가 다 싫다. 사지도 않을 거면서 살 것처럼 매장을 기웃거리며 허세를 부리는 게 싫다. 더구나 사지도 못하면서 맘에 드는 옷이나 핸드백을 보는 건 괴롭다.

"나가요."

내가 나가자고 하자, 그는 이상하다는 듯이 쳐다봤다.

"백화점 안 좋아해요?"

나는 고개를 끄덕거렸다.

"뭐 살 거 없어요?"

그가 물었다.

"살 거는 많아요. 돈이 없어서 그렇지. 사 주실래요?"

나는 뻔뻔해지기로 했다.

"그러죠, 뭐."

그가 웃음이 가득한 얼굴로 나를 올려다보았다.

"됐구요. 제 부탁이나 들어주세요."

나는 그가 나를 거절하지 못할 거라고 확신했다.

"차 마시면서 얘기해요."

그는 커피전문점을 가리켰다.

"밖에 나가서 다른 데로 가요."

"왜요?"

"이렇게 사람 많은 데 싫어요."

나는 솔직하게 말했다.

"나는 사람 많은 데가 좋아요. 사람들하고 부딪히며 다니는 것도 좋고 잘 차려입은 예쁜 여자들을 보는 것도 좋고요."

말은 그렇게 하며 그는 엘리베이터 앞으로 갔다. 지하주차장에서 그의 차로 갔다. 그의 중형차는 아직 새 차 냄새가 빠지지 않았다.

"나를 만나는 사람은 이런 수고를 해야 해요."

뒷자리에 그의 휠체어를 실어놓고 조수석에 앉았을 때, 그가 미안해하며 말했다. 그의 차를 타고 거리를 둘러봤다. 그가 다시 휠체어를 내려놓고 갈 만한 카페를 찾기가 힘들다.

"내가 자주 가는 곳인데. 갈래요?"

그가 말했다.

"화장실 가고 싶어요?"

그가 묻는다.

"아니요. 왜요?"

"거긴 화장실이 없어서요."

그는 커다란 느티나무 옆, 숲길에 차를 세웠다. 박물관이 내려다보이는 언덕길이다. 그는 직접 구운 CD를 켰다. 내가 별로 좋아하지 않는 남자 가수의 발라드가 나오는 노래들이 지루했다.

"커피 마실래요?"

그가 물었다.

"어디서요?"

그는 차를 움직였다. 조금 가니까 빨간 벤치 옆에 커피 자판기가 있다. 그가 내 손바닥 위에 동전 세 개를 올려준다.

"안 드세요?"

"나는 안 먹어요."

나는 커피를 뽑아서 차로 돌아왔다. 하루에도 몇 잔씩 마시는 이 달착지근한 밀크커피를 예전엔 거들떠보지도 않았다.

"식후에 먹는 그 커피가 뱃살을 찌게 한다던데요."

나는 그만 손으로 배를 가렸다. 차 안에서 남자와 둘이 있는 게 오랜만이다. 커피를 넘기는 소리가 크게 들린다. 이 남자는 나와 연애를 할 만한 사람이 아니다. 그런데 커피 마시는 소리가 크게 나서 신경 쓰인다.

"부탁할 일이 뭔데요?"

그가 물었다.

"설문지 알바가 다 끝났어요. 혹시 알바 자리 구해주실지 있는지……."

그가 내 얼굴을 빤히 돌아다본다. 사실, 나를 이상하게 생각할 게 뻔하다.

"어떤 일을 원해요?"

"그냥, 아무거나……."

나는 평소의 나답지 않게 얼버무렸다.

"정말, 어떤 일이든 상관없어요?"

＊스파게티

나는 대충 일을 했다. 원래 청소나 요리 따위엔 관심이 없다. 스트레스를 받으면 집안 대청소를 하는 스타일도 아니고, 고무장갑을 끼고 변기를 닦아본 적도 없다.

"화장실 청소는 깨끗이 해야 돼요."

그가 주문한 사항이다. 혼자 사는 남자가 있는 집 치고는 정리가 잘 돼 있다. 내가 사는 집보다도 훨씬 단정하고 깔끔하다. 나는 이상하게도 남자에게 후한 점수를 주고 있다.

단지, 그럼에도 불구하고 지워지지 않는 어떤 냄새가 짙게 배여 있다. 남자 혼자 있는 방 특유의 퀴퀴함이라기보다는 이 집이 아닌 다른 집으로 옮겨가서 가구를 다 바꿔도 없어질 것 같지 않은 어떤 근본적인 냄새.

나는 이 냄새를 맡은 적이 있다. 깨지지 않고 영원할 것 같았던 우리 집의 번창했던 사업은 하루아침에 거덜났다. 그때, 난생처음 다른 집으로 이사 왔을 때 냄새가 났다. 불현듯 잠에서 깰 때, 첫 숟가락의 밥을 입에 넣었을 때, 비 오기 전날 화장실 문을 열었을 때 나던 냄새를 지울 수가 없다.

그는 저녁식사 준비까지 요구했다. 다행히 메뉴는 내 마음대로 할 수 있다. 한 가지 요구 조건이 있었다. 지방이 많지 않고 담백한 것. 남자의 약간 마른 체격을 보면 당연했다. 남자는 배가 나오지 않았고, 아직까지 턱선이 살아 있다.

내가 원한 건 이런 게 아니다. 이 집에서 잡지나 만화를 뒤적이다가 그의 퇴근시간이 되면 샤워를 하고 향수를 한 줌 뿌리고 나가서 그의 팔짱을 낀다. 그러면 그는 어색한 미소를 짓고.

아니다. 그의 팔짱을 낄 수 없다. 그의 휠체어 손잡이를 잡고 고개를 내밀어 그에게 향수냄새를 풍기는 거다. 내 가슴이 그의 어깨에 닿을 수도 있다. 지금은 다이어트를 하지 않아 내 본연의 모습인 풍성한 가습이 느껴질 거다. 그리곤 전망 좋은 곳에서 스테이크에 와인 한 잔이면 저녁만찬으로 괜찮다. 매일은 곤란하겠지만 오늘은 첫날이니까. 혹시 그는 천 원을 만 원처럼 쓰는 구두쇠가 아닐까.

남자 하나 잘 만나서 어떻게 하고 싶은 그런 여자는 아니다. 그가 대단한 능력이나 지위를 갖고 있지도 않다. 그럼에도 나는 왜 그의 집에 있는 걸까. 알바를 구하려면 꼭 그가 아니어도 됐는데.

나는 현관문 앞에서 망설인다. 숫자 버튼을 누르고 들어갈까, 아니면 벨을 누를까. 내 집인데도 그녀의 집을 처음 가는 것처럼 두근거렸다.

나는 벨을 누르고 말았다.

"누구세요?"

그녀의 목소리에 친절함이 듬뿍 담겨 있다.

"나예요."

그녀가 문을 열었다. 청바지를 입은 그녀의 다리가 눈앞에 서 있다. 침대에 누워 수많은 상상을 했던, 나의 소망을 실현시킬 수 있는, 벌써부터 온 몸의 세포를 불쑥 흥분시킬 수 있는 그녀의 다리가 바로 눈앞에 있다.

"맛있는 냄새가 나네요."

나는 태연을 가장했다.

"별로 한 거 없어요."

그녀가 주방으로 가면서 말했다. 평소라면 나는 휠체어가 아닌 목발을 짚고 왔을 것이다. 그리고 집에서는 목발을 세워두고 앉은 채로 이동을 했다. 나는 몸에 익숙한 그 동작이 그녀에게 어떤 당혹감을 줄지 알고 있다.

예전에 만났던 한 여자는 음식점 마루에서 내가 그런 움직임으로 자신에게 향해오자, 마주보지 못하고 고개를 돌렸다.

그녀는 식탁에 앉으라고 재촉했다. 나는 식탁 의자 대신 휠체어를 타고 식탁 앞에 앉았다. 치즈가 뿌려진 스파게티에선 아직 치즈 녹는 소리가 났다.

"할 줄 아는 게 없어서요. 라면보다는 낫죠?"

나는 고개를 들지 않고 끄덕였다. 슈퍼에서 파는 소스를 사다가 면을 삶아 뿌리고, 치즈를 올려서 전자레인지에 돌린 그녀의 솜씨.

나는 반쯤 먹었다. 그녀는 맛있게 다 먹었다. 일류 레스토랑의 파스타 같지 않지만 나름 맛있다고 그녀는 스스로 감탄했다. 내가 남긴 스파게티를 보며 그녀는 입맛을 다셨다.

"왜요? 맛없어요?"

그녀는 별 미안한 마음 없이 얘기했다. 나는 미소만 지었다. 그녀는 부지런한 주부처럼 후다닥 식탁을 정리하고 설거지를 했다.

"무슨 차 드실래요?"

그녀는 무선 포트를 꽂으며 말했다.

"난 괜찮아요."

"원래 그렇게 뭘 안 먹어요?"

그녀는 나를 이상하게 바라봤다.

"과일은요? 오렌지 사왔는데요."

나는 마지못해 먹겠다고 했다. 그녀는 식탁 위에서 오렌지 껍질을 벗겼다. 잘 익은 시큼한 냄새에 침이 고였다. 접시 두 개에 두 개의 오렌지를 나눠 담았다.

"드세요."

그녀는 텔레비전을 보고 있는 나에게 접시를 내밀었다.

"고마워요."

나는 약간 손을 떨며 접시를 받았다. 그녀도 소파에 앉아 텔레비전 뉴스를 본다. 휴가철 이라 공항은 외국여행을 떠나는 사람으로 난리법석이다. 그녀는 몇 개 안 되는 오렌지를 다 먹어치웠다. 힐끔 내 접시를 본다. 난 예의상 겨우 한 개를 먹고 그대로다. 그녀는 내 접시를 확 낚아챘다.

"왜 그래요? 내가 뭐 독약이라도 넣었을까 봐요?"

그녀는 오렌지 한 쪽을 집어든다. "아, 하세요."

나는 아이처럼 입을 벌린다. 내가 오렌지 삼키기를 기다리며 그녀는 또 오렌지 조각을 집는다.

"됐어요."

나는 입을 꼭 다물었다.

"그러면 입으로 먹여줄 거예요."

그녀가 장난을 친다.

"혹시 그걸 바라시는 건 아니죠?"

나이어린 그녀에게 자꾸 밀리는 것 같아 나는 눈을 똑바로 뜬다.

"얼른 줘요. 마우스 투 마우스로."

이번엔 그녀가 얼굴이 빨개진다.

***밤에 마시는 차**

퇴근시간이 기다려진다. 금요일 저녁, 그 동안 특별한 일이 없으면 집으로 가 영어공부를 했다. 일주일에 한 번 외부 강사가 와서 영어수업을 하면 시험까지 보게 된다. 업무의 특성상 영어는 필수다. 남들처럼 정규교육을 제대로 받지 못해서인지 유난히 영어에 약하다. 나름대로 열심히 하긴 하는데 쉽지 않다.

일주일에 세 번 근무하고 주말에 쉬는 조건으로 그녀에게 집안일을 맡겼다. 물론 누군가를 시켜야 되는 일이다. 그 동안은 복지관에서 소개시켜주는 아주머니들을 썼다.

집안에 음식 냄새가 가득 차 있다. 난 좀 더 잘 먹기 위해 사는 사람이 아니다. 내 집에 나는 이 냄새와 앞치마를 두르고 있는 그녀가 낯설다.

"오늘은 신경 좀 썼어요."

그녀가 내 뒤로 다가와 휠체어를 주방으로 민다. 처음이다. 그녀가 등 뒤에서 휠체어를 밀어주는 건. 식용유 냄새가 밴 그녀의 체취가 아찔하다. 나는 깊은 숨을 내쉰다.

그녀가 얼른 가스레인지를 켠다.

"인터넷에서 뽑은 레시피대로 했어요."

식탁 위에는 굴전, 연어샐러드, 낙지볶음 등이 차려져 있다. 맑은 모시조개탕까지. 그녀는 밥그릇 옆에 놓아준다. 내가 고기보다는 생선이나 해산물을 좋아한다는 것을 그녀에게 말한 적은 없다.

"많이 먹어요."

그녀는 기분이 좋아 보인다. 밀가루가 많이 입혀지긴 했지만 굴전에 들인 정성은 인정해주고 싶다. 대신 낙지는 시간을 초과해서 좀 질기다. 싱싱한 낙지가 아니거나 너무 오래 익힌 것이 틀림없다.

나는 많이 먹을 수 없다. 나는 천천히 조금씩 씹는다.

"왜 그렇게 조금 먹어요? 그렇게 먹고 힘쓰겠어요?"

그녀는 내가 먹지 않아서 속이 상한 눈치다.

"난 힘쓸 일이 없잖아."

내 말을 듣던 그녀의 표정이 살짝 굳는다.

"난 원래 조금만 먹어도 살찌는 체질이야. 그리고 화장실 자주 가는 것도 싫고."

그녀는 고개를 끄덕거리며 밥을 먹는다.

“나도 그런 체질이에요. 하지만 밥 많이 먹고 운동 열심히 하려구요. 같이 운동할까…….”

그녀가 말끝을 흐린다.

“나 운동 잘해. 수영도 하고 배드민턴도 하고.”

그녀가 못 믿겠다는 표정으로 내 얼굴을 본다. 그녀뿐 아니다. 세상의 모든 사람들이 내가 수영을 한다면 반신반의한다.

그녀가 식탁을 치우고 무선 포트에 물을 끓인다. 나는 그녀가 주방을 정리하기 전 얼른 나오려고 화장실로 들어간다. 자꾸 몸이 떨린다. 여자들은 내가 보통의 남자라는 걸 인정하지 않는다. 내가 결혼하면 건강한 아이를 낳을 수 있다는 걸 상상조차 못한다. 그녀도 나를 남자로 생각지 않는다. 그렇지 않다면 이렇게 내 집에 있을 수 없다.

“밤에 마시는 차래요. 카모마일이라고. 이태리로 여행 갔다 온 친구가 준 거예요. 몇 개 가져왔어요.”

그녀는 미리 준비한 차를 받침에 받쳐 내게 건네준다. 한 모금 마셔본다. 나는 찻잔을 테이블 위에 도로 내려놓았다.

“왜 안 마셔요? 밥도 반밖에 먹지 않고.”

그녀가 나를 노려본다.

“집에서는 화장실 편히 이용할 수 있잖아요. 집에서라도 마음껏 먹고 살면 되잖아요.”

그녀가 소리친다.

"너 앞에서 절대로 화장실에 가고 싶지 않아. 화장실에 가서 꾸물거리며 늦게 나오는 나를 상상하는 게 싫어."

그녀가 화난 눈으로 나를 쳐다본다.

"그러니까, 더 많이 먹고 힘내야 되잖아요. 식욕이 곧 삶의 의욕이라잖아요?"

"식욕이 곧 삶의 의욕이라고? 남자들에게 그 말은 식욕은 성욕이란 말이야. 난 자존심을 지키고 살고 싶어."

그녀는 당황해서 어쩔 줄 모른다.

"상상해봐. 휠체어가 꽉 차도록 살이 찐 남자. 비상시에 누군가에게 업히지도 못할 만큼 무거운 장애인. 너네들은 겉치레의 다이어트지만 내겐 생존의 절실함이야."

*** 자동차극장**

그의 차가 보인다. 나는 냉큼 그의 차에 올라탄다. 그는 손만으로 운전을 한다. 왼손으로 핸들을 잡고 오른손으로는 발로 하는 것들을 조작한다. 그러는 사이사이 그는 내 손을 잡는다. 한없이 뜨겁고 축축한 그의 손 안에 나를 맡긴다. 어쩌면 난 이렇게 될 줄 알고 있었는지도 모른다.

그는 차가 많지 않은 자동차극장으로 들어선다. 아주 오래 전 자동차를 타고 영화를 봤던 기억은 있다. 하지만 영화보다도 옆에 앉은 사람과의 어설픈 친분 때문에 불편했다. 영화에 집중할 수도 없었다.

그는 차 뒷좌석에서 던킨도너츠 상자와 야채주스를 꺼내준다.

"영화 보면서 먹으라고."

"도너츠보다는 샌드위치가 살이 안 찌는데."

나는 괜히 심술을 부린다.

"정말 다이어트를 하고 싶은 거야?"

그가 내 눈을 약간 음흉하게 쳐다본다. 팔 힘만은 누구보다도 자신있다는 그다. 갑자기 그가 나를 덮쳐올 것 같은 예감이 든다.

"당연히 해야죠."

그의 눈을 피했다.

"구석기시대 다이어트는 어때?"

한때 나름대로 다이어트에 관한 꽤 해박한 지식을 갖고 있었지만 처음 듣는 소리였다.

"그건 뭔데요?"

나는 묘한 분위기를 없애려고 궁금한 척했다.

"간단해. 구석기시대 사람처럼 살면 되는 거야."

나는 어이없어 픽, 웃음을 날렸다.

"그러면 하루 종일 고단하게 일만 해야겠네요. 난 게을러서 싫어요.

혹시 나 근무태만이라고 자르려고 그러는 거 아녜요?"

그가 웃으면서 내 뺨을 만졌다.

"그러면 다음에서 골라봐. 제대로 다이어트 해줄게. 넌 가만히 있으면 되니까."

그가 내 손바닥을 살살 긁으면서 말한다.

1. 포옹 2. 프렌치키스 3. 딥키스 4. 섹스

그는 자기가 낸 문제에 몹시 만족해서 어쩔 줄 모르는 것 같다.

"왜요? 열량 소모량이 많아서 다이어트에 도움이 된대요?"

그의 비겁함에 화가 났다.

"맞아."

1. 3kcal　2. 3.8kcal　3. 12kcal　4. 200kcal

"자, 어때?"

그는 나를 실험하는 걸까.

"나한테 원하는 게 뭐예요?"

영화는 벌써 시작됐다.

"너가 나한테 원하는 것이 있겠지."

그는 놀랍도록 냉정하다.

"나, 그저 편한 알바를 한다고 생각했어요."

내가 그를 너무 만만하게 생각했다.

"자꾸 내게 희망을 주지 마."

"난 당신이 그냥 좋았어요. 처음 만났을 때부터."

그가 손으로 내 뺨을 감싼다. 그리고 천천히 입술을 갖다댄다. 물을 마시지 않는 그의 혀가 축축하다. 그는 마치 처음 키스하는 사람처럼 서툴기도 하고 열정적이다. 그와 나 우리는 오래도록 안고 있었다. 영화가 끝날 때까지.

그녀를 위해 얌모 얌모

그녀를 위해 얌모 얌모

나는 여러 직업을 겸하고 있는 대학교수다. 키 175센티, 몸무게 80킬로. 굵은 파마머리. 외모로도 교수에 걸맞은 체격과 연예인 같은 살인적 미소와 호탕한 웃음까지 갖고 있다. 나 같은 겸임교수를 시간강사 또는 보따리장사라고도 한다. 호칭이야 상관없다.

어제는 그 겸임교수를 하고 있는 사람들과 술을 마시고 새벽에 들어왔다. 예전 같지 않게 주량이 줄긴 했지만 그래도 술은 좋다. 그래서 집으로 오는 택시 안에서 내내 드링크송을 흥얼거렸다.

"드링크, 드링크, 드링크."

나는 줄기차게 그렇게 불렀다.

"어떤 일을 하세요?"

내 예사롭지 않은 목소리와 음악성을 간파한 택시기사가 물었다.

"저요, 그게. 노래를 불러요."

"그럼 가수?"

택시기사는 룸미러로 힐끗 쳐다봤다.

"노래를 부르는 건 맞지만요, 그런 가수가 아니라 성악가에요."

이런 말을 그 동안 살아오면서 얼마나 많이 했는지 모른다. 아마 나 못지않게 우리 엄마, 그녀의 부모도 많이 했을 것이다. 조금 전 술자리에서도 가수 얘기가 나왔다. 과 후배 중 한 놈이 요즘 잘 나가는 가수라는 게 화제의 중심이었다.

"걔 출연료가 얼만지 알아?"

"알고 싶지 않아. 그러면 너도 가수 해라."

"하고 싶다. 우리가 지금 하고 있는 게 뭐야? 클래식의 대중화?"

"우리도 관객을 감동시키는 거잖아. 요즘은 어떻게 하면 웃길 수 있나, 기획사에선 아예 머리를 쥐어짜내더라고."

택시에서 내리자, 술이 확 깼다. 나는 드링크, 드링크, 드링크 대신 나머지 가사를 허공에 대고 불렀다.

술은 입으로 들어오고, 사랑은 눈으로 들어온다

이는 우리가 죽기 전에 알아야 할 평범한 진리다

언제 되새겨도 너무 멋진 가사다. 나는 편의점에 들어가서 소주 한 병을 샀다. 일요일에 교회에 나가 성가대를 지휘하더라도 나는 술을 마신다. 아파트 뒷문으로 이어진 언덕을 올라가면 내 아지트가 나온다. 공원 안의 무덤 옆, 석물에 등을 기대고 앉아 마시는 소주가 오늘따라 쓰다. 나는 반 병 정도만 마시고 나머지는 무덤가에 부었다. 전망 좋은 정자에 앉아서 편하게 마실 수 있지만 사람들 눈에 띄기 싫다. 조선시대부터 이 동네에 살았던 집안의 묘인데, 양쪽으로 문인과 무인의 석상이 여럿 있다. 언제부터인기 그 석상에 등을 기대고 소주를 마셨다.

"알코올중독 초기 증세야."

소주 반 병을 마시고 껌을 씹고 들어와도 그녀는 귀신처럼 술 냄새를 맡았다. 공사 현장에 나가보면 진정한 중독자들이 많았다. 일을 시작하는 이른 아침에, 점심 반주로, 술자리를 겸한 저녁식사로 소주를 마셨다.

그렇다. 나는 막노동도 해봤다. 신종플루가 기승을 부리면서 공연이 끊겼다. 레슨도 덩달아 다 끊겨버렸다. 전직 대통령의 죽음에도 모든 공연이 취소됐었다. 그녀도 나와 마찬가지 신세였다.

"콩나물대가리 보기도 싫어."

음표를 콩나물대가리로 말하는 걸 보면 그녀가 얼마나 그녀의 생활에 신물을 내는지 짐작할 수 있었다. 때문에 적잖이 당황스럽기도 하고 우습기도 하면서 나는 내색하지 않았다.

"차라리 천 원짜리 김밥이나 팔았으면 좋겠어."

작곡을 전공한 그녀의 입에서 나온 말이었다. 그녀, 아우디를 끌고 다니며, 프라다, 테스토니, 포지애리, 페라가모, 마르닉 등 이태리산 명품 구두와 가방으로 패션을 완성한다. 요즘 유행하는 말로, 엣지한 것만 걸친다. 다만 이게 모두 유학생활 때 벼룩시장에서 산 물건들이며 최근에는 한 번도 새 것을 산 적이 없다는 거였다. 그래서 그녀는 유학생 시절의 지인들 만나기를 꺼려한다.

"아직도 그거 써?"

그녀가 세상에서 제일 듣기 싫어하는 말이다.

오늘은 오후에 공연이 있다. 늦은 아침, 침대에서 뭉그적거리는 나를 그녀는 그대로 내버려둔다. 어젯밤, 술을 마시고 새벽에 들어온 나 때문에 대단히 화가 났다는 뜻이다. 나는 조심스럽게 거실로 나왔다. 그녀는 화난 사람치고는 너무나 평온하게 팔짱을 낀 채, 베란다를 통해 공원을 쳐다보고 있었다. 나도 그녀를 따라 밖을 쳐다봤다. 숲 속 오솔길을 따라가 보니, 꼭대기에 정자가 보인다. 그 옆길에 나의 아지트가 있다는 걸 그녀는 아직 모른다.

가을은 남자의 계절이라는데, 나보다 그녀가 더 감상적이 되나 보았다. 괜히 말 잘못 했다가 된통 당할 거 같아서 화장실로 갔다. 보통 땐 부드럽지만 한 번 화가 나면 걷잡을 수 없는 그녀다. 이럴 땐 얼른 나가는 게 상책이다.

"라면 먹을 거야?"

라면이라도 같이 나눠 먹는 의리를 발휘하려고 나는 조심스럽게 물었다. 그녀는 미동도 하지 않았다. 나는 라면 국물에 밥 한 공기까지 말아먹었다. 그리고 식탁 위에 있는 양파 베이글을 까망베르 치즈를 듬뿍 얹어 먹어버렸다. 물론 프림과 설탕이 들어간 달착지근한 커피믹스도 한 잔 타 마셨다. 도대체 때와 상황을 가리지 않는 나의 주체할 수 없는 식욕이 그녀의 등을 바라보고 있자니, 민망해진다.

오늘 공연은 명동에서 있다. 공연이 있다면 무대를 가리지 않는 프로정신이 누구보다 강하지만 조명도 없는 거리의 무대는 아직 꺼려진다. 좀 더 솔직히 말하자면 시장통 같은 곳에서 가던 길 멈추고 서서 아무나 볼 수 있는 무대는 사양하고 싶다. 하지만 지금 찬밥 더운밥 가릴 때가 아니다. 내가 현관문을 열고 나올 때까지 그녀는 그대로 서 있었다.

오늘은 거리의 차가 막혀도 상관없다. 차라리 느긋하게 라디오를 들으면서 가는 게 좋다. 내가 꿈꾸던 삶은 이런 느긋함과 적당한 감상이었다. 지금, 블루마운틴과 프렌치바닐라를 이 대 일로 섞어 내린 커피 한 잔이면 세상에서 더 부러울 것이 없을 것 같다. 그녀는 요즘 커피를 마시지 않는다. 커피를 갈고 내리는 커피 도구는 먼지를 뒤집어 쓴 채 싱크대 한 구석에 박혀 있다. 덕분에 나는 일회용 믹스커피를 애용하고 있다.

유학 시절, 커피를 하루 종일 달고 살았지만 지금은 오후 4시 이후엔 절대로 커피를 마시지 않는다. 늦은 오후, 무엇인가를 시작하기엔 너무 늦고, 일을 끝내기엔 너무 빠른 그 시간에 딱히 할 일이 없으면 가슴이 답답했고, 그래서 커피를 마신 날은 한 잠도 못 잤다.

불면증으로 잠을 이루지 못한 채 일어난 다음날, 핏발이 선 눈동자로 강의를 하고 무대에 설 수는 없다. 비록 일 주일에 몇 번 되지 않는 강의지만 아직은 학생들에게 인기 있는 교수님이다.

"교수님, 제 친구 중에 반수 하는 애가 있는데요, 레슨해주실 수 있으세요?"

어제 수업이 끝나고 빨간 색 미니쿠퍼를 타고 다니는 여학생이 물었다. 속으로 쾌재를 불렀지만 침착했다.

"오, 그래? 시간이 겹치지 않으면 해줄게."

수리영역을 포기한다 해도 나머지 과목에서 절대 좋은 성적을 낼 수 없는, 돈이 많은 집 아이들이 아직도 성악과를 지원하며, 그래서 무늬만 교수인 우리의 숨통을 트여준다. 그러면 자동차할부금은 해결할 수 있다.

리허설이 시작됐다. 우리 바로 앞 순서는 난타의 공연이다. 난타팀은 배추와 무 없이 북을 두드리며 박자를 맞췄다. 오늘은 피아노 없이 CD 연주에 맞춰 노래하는 MR 공연이다. 그래서 더 신경이 쓰인다. 연주곡을 잘못 내보내면 끝이다. 우리랑 같이 몇 년째 호흡을 맞춘 최 실장 대신 오늘은 처음 보는 여자애가 따라왔다. 좀 불안하다. 하지만 순서에 맞춰, 우리의 사인을 보며 잘 틀어주고 있다.

"좋아."

우리는 오케이 사인을 보내고 무대에서 내려왔다.

"공연 때는 쉬는 시간이 좀 길어질 거예요. 난타팀이 난리친 배추와 무를 치운 다음 무대에 올라서야 하니까."

진행자가 이해 좀 해달라는 투로 얘기한다.

우리 팀의 홍일점 소프라노는 리허설이 끝나자, 노트북을 켰다. 핑크빛 케이스로 보아 새로 바꾼 게 틀림없다. 닛산 휘가로를 타고 다니며 강남의 잘나가는 성형외과 의사를 남편으로 둔 소프라노는 이런 공연을 취미생활로 즐기는 듯하다. 언제나 불평 없이 방긋방긋 웃으며 기다리는 시간도 지루해 하지 않는다.

나는 망설이다 휴대폰을 켰다. 그녀의 번호를 눌렀다. 더 큰 후유증을 없애기 위해선 빠를수록 좋다.

"왜 무슨 일 있어?"

나는 그녀가 좋아하는 굵은 저음으로 물었다. 그녀는 대답이 없다.

"왜 그래?"

이번엔 사랑의 세레나데처럼, 조금 부드러운 목소리를 냈다.

"어떡해?"

그녀는 울음을 터뜨렸다. 가슴이 덜컥 내려앉았다. 그녀는 평소 징징거리는 여자가 아니다.

"뭔데?"

나는 그녀를 재촉했다. 그녀는 울먹이며 말했다. 그녀의 말을 듣고 기가 막힌 건 나였다.

"그래서 그랬던 거야?"

나는 소리를 쳤다. 그리고 휴대폰을 닫았다. 이럴 땐 담배라도 피우고 싶다. 마음 같아선 캔 맥주라도 들이켜고 싶다.

"무슨 일, 있어?"

한껏 부풀려 올린 속눈썹을 깜박대며 소프라노가 물었다. 나보다 네 살이 많은, 그녀의 예고 선배다. 다른 소프라노와 달리 가냘픈 몸매와 예쁘장한 얼굴 때문에 이런 공연 무대에 적합하다. 성량이 조금 딸려 고음에서 불안하긴 하지만 그 정도는 전공한 사람들이 아니면 눈치채지 못하게 잘 넘길 수 있을 만큼 무대 매너가 세련됐다.

중간에 이렇게 대기시간이 길다보면 우리는 사소한 일상과 농담을 주고받으며 시간을 보내곤 했다. 이번만은 입을 다물고 얼버무려야 했다. 그런데 그만 나도 모르게 흥분해서 말했다.

"같이 살면서 임신을 했다고 우는 건 뭐예요?"

그 말을 듣는 소프라노의 얼굴이 경직되는 순간, 나의 방정맞은 입을 손으로 가렸다.

"축하해. 배 불러오기 전 결혼식해야지."

소프라노는 아무렇지 않은 표정으로 노트북 모니터를 들여다봤다. 나는 내 실수를 만회하기 위해 무슨 말을 해줄까, 머릿속으로 굴렸다.

"내가 재미있는 얘기해줄까요?"

"해봐."

소프라노는 화면에서 눈을 떼지 않은 채 말했다.

"동생이 형을 엄청 좋아해요. 뭐라고 하는지 알아요?"

소프라노는 시큰둥한 표정으로 고개를 돌렸다. 나는 얼마 전 드라마에서 봤던 장면을 떠올렸다. 형광펜, 이라는 내 대답에 소프라노는 살짝 미소를 지어보였다. 집에서도 밖에서도 여자에게만 발휘되는 이 선량한 마음 때문에 피곤하다. 결혼 7년차인 소프라노는 아이가 없다. 물론 불임클리닉에도 다니는 것 같다. 행세 꽤나 하는 시집에서 어지간히 스트레스를 주는 모양이었다.

나의 아둔함이 문제다. 같이 살고 있는 그녀의 변화를 전혀 눈치채지 못했다. 입맛이 없다는 그녀가 남긴 음식을 모조리 먹어치우면서, 나 예쁘지, 이런 표정으로 그녀를 바라보곤 했으니 말이다.

"이번엔 진짜 재미있는 얘기해줄게요."

나는 소프라노의 마음이 풀어지기 전에 내 마음도 불편해서 싫다. 비록 잘 삐치긴 하지만 그녀의 선배라는 이유로 우리가 필요할 때마다 돈을 별 군말 없이 빌려주곤 한다. 우리의 은행대출 금고를 잃어버릴 순

없다.

"참새 시리즈데요. 참새가 땅바닥에 떨어진 비아그라를 주워 먹은 다음에 한 말?"

역시 무반응이다.

"독수리 씨발년들 다 죽었어."

소프라노가 고개를 숙이고 웃는다. 그리고 나를 쳐다보면서 또 웃는다. 빨간 립스틱을 바른 입술을 열고 새하얀 이를 내놓고 활짝 웃는 걸 보니, 마음이 놓인다.

"정말 웃긴다."

소프라노는 계속 터져 나오는 웃음을 주체하지 못한다.

"자, 선물이야."

소프라노가 노트북 화면을 가리킨다.

"뭐에요?"

"유모차."

하지만 그 유모차는 일반 유모차가 아니다. 바로 며칠 전 신문에서 이 유모차에 대한 기사를 읽고 그녀와 어이없어 했었다. 노르웨이산으로 유모차 세계의 벤츠라고 했다. 일반 유모차는 아기가 앉는 위치가 낮아서 외출을 하더라도 어른들의 다리만 보게 되지만 이 유모차는 부모와 같은 눈높이에서 세상과 부모를 바라보고 소통할 수 있다고, 그 비싼 값의 정당성을 주장했다.

"아기를 안아서 보여주면 돼지."

그녀와 난 똑같이 말했다.

지금은 유모차가 필요하지도 않다. 더구나 유모차 값이 중고차 값과 맞먹는다.

"이거 너무 비싸잖아요?"

"먼저 쓰고 나한테 넘겨."

아이가 태어나서 유모차를 쓰게 될 때까지 기다리기 전에 우리는 아마도 그 유모차를 팔아서 생활비로 쓰게 될 것이다. 내 처지를 뻔히 알면서 나를 놀리는 것인지, 나의 부주의함을 벌주는 것인지 모르겠다. 어쨌든 사주면 감사히 쓸 것이다. 소프라노는 무대의상을 갈아입는다며 자리에서 일어섰다.

공연이 시작됐다.

"소품 잘 챙겨."

누군가 소리쳤다. 나는 빨간 색 플라스틱 빗을 뒷주머니에 넣었다. 우리의 공연이 처음부터 소품이 필요하지는 않았다. 처음엔 까만 턱시도를 차려입고 스탠드마이크 앞에서 우아한 손짓과 호소력 있는 표정을 지으며 공연을 했다. 플라시도 도밍고나 루치아노 파파로티, 호세 카레아스 같은 역량이 아니라면, 오페라 아리아 따위를 들어줄 관객이 많지 않았다. 우리도 나름대로 레퍼토리를 개발하고 업그레이드 시켜서 여기까지 왔다.

방송국의 개그맨이라는 사회자가 협소한 무대에서 입담을 펼친다. 좌석도 없고 플라스틱 의자 30여 개를 간이무대 아래 갖다놓았다. 그나마 사람들도 다 차지 않고, 사람들은 지나가면서 무슨 일인가, 힐끔거린다.

난타팀의 공연이 끝나간다. 북의 리듬이 틈을 주지 않고 사람들의 시선을 끌어올리기 시작한다. 스포츠브라 같은 윗도리를 입은 여자 단원이 두 손을 위로 올릴 때마다 배꼽이 훤히 드러난다. 사람들의 박수소리와 함께 흰 연기도 팡팡 터진다. 어떤 남자들은 휘파람을 불어댄다.

이젠 우리 차례다. 하지만 조금 기다려야 한다. 진행요원들이 무대 위로 뛰어올라 무와 배추를 치운다. 작은 무대 위에 가득한 무와 배추를 그대로 밖으로 쓸어낸다. 갑자기 사람들이 웅성거린다.

"뭐야?"

우리 팀은 고개를 내밀어 무대를 쳐다봤다. 한 할머니가 무대 위로 올라가 잘게 썰어진 무와 배추를 대형마트 상표가 찍힌 비닐봉지에 담고 있다. 진행요원들이 아무리 말려도 소용없다.

"아, 예, 요즘 경제적으로 많이들 힘들어 하고 계신데요. 저런 알뜰함이 필요하죠. 저런 우리들의 어머니가 없었다면 우리들도 이렇게 잘 먹고 잘 크지 못했을 거예요. 자, 그런데 할머니, 저도 먹고 살아야 돼요. 빨리 공연을 시작해야 되니까, 이제 그만 내려가시면 안 될까?"

사회자가 콧소리를 내며 애교를 떤다. 할머니는 들은 척도 안 한다.
"엄마, 나 좀 도와줘. 안 그러면 나 잘린단 말이야."

사회자는 할머니를 향해 떼를 쓰느라 온 몸을 흔든다. 사람들의 웃음소리가 터진다. 할머니는 알았다는 사인을 하고 무대의 계단을 내려오고, 사회자는 할머니의 손을 잡아준다. 사람들은 박수를 쳐준다.

우리 엄마 역시 저 할머니처럼 억척스러웠다. 미싱사가 엄마의 직업이었다. 엄마가 남들보다 좀 머리가 좋았던 모양이다. 그 많은 미싱사 중에서 엄마는 하루에 한 개뿐이 만들지 못하는 밍크코트를 만드는 일을 했다. 겨울이 오기 전, 일 년 동안 재봉틀에 앉아 하루 종일 밍크를 박아댔다. 엄마보다는 엄마 같은 기술자를 데리고 있던 사장이 엄청 돈을 벌었지만 어쨌든 엄마 덕에 그래도 유학을 갈 수 있었다.

"이제 곧 다음 공연이 시작하기 전, 선물을 드릴 텐데요. 오늘은 특별히 이곳을 찾아오신 분들 중에서 제일 먼 곳에서 오신 분부터 선물을 드릴 겁니다. 자, 어디서 오셨는지 말씀해주세요."

사람들이 여기저기서 손을 든다. 광주, 미국, 일본, 중국, 캐나다에서 왔다는 사람들과 외국인이 몇 있다. 사회자는 제일 먼저 군대에서 나왔다는 청년에게 선물을 준다. 결코 쉽게 나오지 못할 곳이라서 준다는 거였다. 또 어디서 왔냐는 질문에 한 고등학생이 대답한다.

"4차원에서 왔어요."

"그래, 지구를 얼른 떠나거라."

사람들이 웃는다. 그때 한 남자가 소리친다.

"이태리요?"

사회자의 목소리가 커졌다.

"아, 로마요."

우리팀 모두 서로의 얼굴을 마주봤다. 우리는 서울의 일류대학을 졸업하고, 이태리에서 공부한 유학파이며, 현재 대학에서 아이들을 가르고 있다. 로마는 나의 빛나던 20대를 보낸 곳이다. 열정과 희망과 모험으로 가득한 그때, 나는 하루하루를 치열하게 살았다. 대학졸업 후, 대기업에 취직한 친구의 아들을 부러워한 엄마를 모른 체하고, 나 때문에 월급을 집안에 보태는 형을 모른 체하고, 대학 4년을 나만 바라본 첫사랑을 모른 체하고도 그때, 나는 행복했다.

드디어 무대로 나갔다. 스탠드마이크 앞에 서서 자리를 잡고, 오케이 사인을 보낸다. 새로 온 여자애가 CD플레이어 버튼을 누른다. 사람들의 말똥말똥한 눈망울과 부딪힌다. 이제는 살짝 미소지어줄 수 있는 능청스러움도 가지게 됐다.

우리들은 미남이다. 미남이다 (너만 빼고)

저 귀여운 아가씨가 얘기하듯

우리들은 미남이다. 미남이다 (너만 빼고)

팀 동료 네 명이 나를 손가락으로 가리키며 노래한다. 사람들이 웃음을 터뜨린다. 나는 아니다,라는 제스처를 취하면서 뒷주머니에 손을 갖다댄다. 빨간 빗을 꺼내서 머리를 빗으며 사람들을 더 웃겨야 하는데, 빗이 없다. 동료들이 얼른 꺼내라고 계속 신호를 보낸다. 사람들의 웃음을 유도할 첫 번째 타이밍을 놓쳐버렸다.

할 수 없다. 다음 반주곡이 나왔다. 산타루치아다. 이번엔 솔로가 먼저 시작한다. 우리들은 감탄하는 표정으로 솔로를 주시한다. 사람들 역시, 조용히 솔로의 노래를 듣는다. 모두 같이 합창을 하자, 잠깐 솔로가 쉰다. 솔로는 너무 열창을 한 나머지 더워서 턱시도의 재킷을 벗는다. 그리고 노래를 하는 우리를 향해서도 벗으라고 손짓한다. 우리는 산타루치아를 외치면서도 여유롭게 재킷을 벗는다. 재킷을 한 손을 걸친 채, 노래를 부르는데 맨 끝에 서 있는 김 교수가 벗지 않는다. 우리들은 그를 향해 계속 벗으라고 재촉을 하며 노래한다. 결국, 김 교수는 재킷을 벗는다.

우리의 계산대로 역시 사람들이 웃는다. 김 교수의 흰 와이셔츠는 양팔이 없다. 이번엔 뒤를 돈다. 등이 다 파진 와이셔츠를 보고 사람들은 더 활짝 웃는다. 벌써 이 공연을 한 게 몇 년째다. 우리 공연은 처음엔 오페라의 아리아, 이태리 가곡 등이었다. 사람들은 지루한 표정으로 있다가 자리를 떴다. 그래서 우리가 사람들의 반응을 연구한 끝에 업그레이드 돼 오늘날까지 이르게 됐다.

나의 꿈은 모교의 교수로 있으면서 오페라의 주역으로 무대에 서는 것이었다. 오페라 무대에 서서 창을 들고 병사7을 하면서, 무대 한 쪽에서 합창단을 하면서, 꿋꿋이 견딜 수 없었었다.

이태리에서 남은 돈을 몽땅 털어서 산 까날리의 턱시도를 입고 귀국 독창회를 할 때만 해도 난 자신만만했다. 오만하기까지 해서 첫사랑의 그녀가 놓고 간 꽃바구니를 후배 녀석에게 인심 쓰며 안겨주었다. 어느 한 구석에서 샴페인을 터뜨리며 축하파티를 하고 있는 나를 보았다면 첫사랑의 그녀는 깨끗이 나를 단념했을 것이다.

이번엔 사람들의 웃음을 확 터뜨릴 수 있는 순서다. 우리들은 일제히 새로 온 여자애한테 시선을 주며 오케이 사인을 보낸다. 드디어 올 것이 왔다. 이미 끝난 반주곡이 흘러나온다.

"이게 라이브의 매력이죠."

동료, 김 교수가 얼른 마이크를 잡고 너스레를 떤다.

"우리들에게 어린 시절의 추억을 떠올리게 하는 만화영화 주제가들인데요, 저기 꼬마친구들을 위한 노래니깐 잘 들어봐요."

불안한 마음으로 여자애를 쳐다보지만 여자애는 난감한 표정이다. 급기야는 무대 아래로 뛰어온다.

"어떡해요. 버튼이 안 눌러져요. 아무리 눌러도 먹히지 않아요."

뒤의 곡이라도 반주가 나오면, 부르면 되는데, 반주 없이는 아무 것도 할 수 없다. 눈치 빠른 사회자가 상황을 수습한다.

“네, 잠시 후 공연이 다시 이어지겠고요, 막간을 이용해서 또 선물을 나눠주는 시간을 갖겠습니다. 이번엔…….”

사회자의 말이 끝나기도 전에 우리는 무대 뒤로 나왔다. 김 교수가 진행실로 뛰어갔다.

“아니, 최 실장은 왜 안 온 거야?”

“클레임 걸려서 출연료도 못 받는 거 아냐?”

동료들은 불평을 쏟아냈다. 사람들은 선물이란 말에 무대 위로 거리낌 없이 올라섰다. 나는 꺼 있던 핸드폰의 전원을 켠다. 그녀의 번호를 누른다.

“아무리 그래도 그렇지 축복받을 일을 슬퍼하는 건 너무 하잖아?”

그녀는 역시 아무 말이 없다.

“난 기쁘다. 그리고 결혼 하자.”

그녀는 아직도 침묵이다.

“기쁜 소식. 며칠 전에 우리가 신문에서 본 그 비싼 유모차, 소프라노 선배가 사준대.”

그리고 휴대폰의 뚜껑을 얼른 닫았다. 잠시 후, 그녀에게 문자 메시지가 왔다.

행복하게 살고 싶어.

나는 휴대폰 문자 메시지를 들여다보면서 헛웃음을 날렸다. 나도 그녀에게 말하고 싶다. 나도 그러고 싶다고. 그런데 그러려면 어떻게 해야 하는지 묻고 싶다. 이름뿐인 겸임교수는 되고 싶지 않았다. 일요일, 교회에 나가서 하는 성가대 지휘가 직업으로 변질되는 게 싫었다. 입시생보다도 돈 많은 아줌마의 노래지도가 더 좋아지는 것도 싫었다. 레슨비를 털어 차에 기름을 넣으면서도 버스 타는 게 싫은 나의 허영이 좀처럼 달라지지 않는다 해도 나는 아직 불행하다고 생각하지 않았다.

한 집에서 한 침대를 사용하면서 산 지 거의 십 년이 다 돼가고 있는 그녀와 나는 이젠 사랑하지 않는 걸까. 사랑이야말로 내게는 사치스런 것이었다. 로마에 갔을 때, 반 년 가량 먼저 가 있던 그녀는 나를 많이 도와주었다. 곧 한 집에서 살자고 의기투합하게 됐다. 같은 목적을 향해 가는 이상적인 연인이었다. 아이는 당연히 생각하지도 않았다. 결혼을 하지 않은 건, 자리를 잡고 나서 해야겠다는 생각 때문이었다.

"축하해. 결혼한다고. 아이가 생겼다고?"

김 교수는 심각한 표정으로 머리를 끄덕인다.

"드디어 결혼이라……."

박 교수는 담배를 피워 물었다.

"왜들 그래? 자기들은 다 결혼해놓고."

소프라노가 이해 못하겠다는 표정이다.

"아이가 생기면 책임감도 생길 거야."

소프라노는 나를 무책임한 남자로 단정했다.

"애를 별로 안 좋아해서요."

나는 변명처럼 말했다.

소프라노는 날 노려본다.

"막상, 낳아봐. 살아가는 이유가 된다."

나는 이상한 듯이 소프라노를 쳐다봤다.

"그 유모차, 내가 먼저 쓰고 빌려줄게."

소프라노는 활짝 웃는다.

언제부터인가 나와 그녀는 서로를 바라보는 게 힘들었는지도 모른다.

"사랑, 그 이상의 감정을 느끼고 있어요."

한 여배우가 비밀결혼을 한 남자에 대한 감정을 그렇게 말했을 때, 난 공감했다. 그녀의 입에서 콩나물대가리는 말이 나오기 전부터 우리는 서로의 등을 외면했다. 재능과 열정이 빠진 삶이 힘들고, 거기다 자기와 똑같은 사람을 마주보고 살아야 한다는 것은 더 힘들지도 모른다. 그래서였던가, 밤마다 무덤가에서 몰래 소주를 마셨던 것은. 그러면 그녀는 어떻게 견디고 있었을까.

다시 공연이 시작됐다. 무대공연에 오는 사람들이 어른들만은 아니다. 아이들의 취향도 고려해야 한다. 그래서 만화주제가도 메들리로 엮어서 부른다. 짱가, 개구리소년, 독수리오형제, 마징가제트를 부르면 요즘 애들은 잘 모른다. 대신 그 만화를 봤던 어른들이 더 좋아한다.

힘센 천하장사 마징가 제트.

나는 이 부분에서 팔을 앞뒤로 쭉 뻗고, 다리 한 쪽도 뒤로 뻗는다. 귀에 익은 만화주제가를 따라 부르며 좋아하던 사람들이 내 모습을 보고 더 웃는다.

축배의 노래를 할 순서다. 길거리 리어카에서 천 원을 주고 산 장미 한 송이. 바지 뒤춤에 찔러놓고 긴 턱시도 뒷자락에 숨겨 놓았던 장미 한 송이를 들고 무대 아래로 내려간다. 누구에게 줄까. 둘러본다. 긴 생머리에 비비모자를 쓴 여자. 흰 피부에 빨간 립스틱, 쌍꺼풀이 없는 큰 눈. 첫사랑의 그녀와 너무 닮았다. 나는 그녀에게 장미를 내밀며 무릎을 구부리고 고개를 숙인다. 마치 배반의 죄를 뉘우치는 것처럼. 당황한 여자가 수줍은 미소를 지으며 장미를 받고, 사람들이 박수를 친다. 뜻밖에 받게 되는 장미 한 송이에 여자는 감동한다.

이번에는 김 교수가 무대 아래로 내려간다. 누구로 할까, 별로 고민도 하지 않고 대뜸 바로 앞에 있는 아줌마를 일으켜 세운다. 음악과 함께 우리는 무대 위에서 짝을 맞춰, 김 교수는 아줌마와 함께 블루스를 춘다. 아줌마는 부끄러워하면서도 좋아한다. 김 교수는 아줌마를 정중히 모셔서 다시 의자에 앉히고 무대에 오른다.

"우리는 모두 대학에서 아이들을 가르치는 선생들입니다."

김 교수의 울림이 큰 목소리에 사람들의 박수소리가 커진다.

"마지막 곡은 후나쿨리 후니쿨라는 이태리 민요에요. 제목이 어렵죠?"

사람들이 그렇다고 호응해준다. 사람들은 김 교수가 하라는 대로 제목인 후나쿨리 후니쿨라를 따라서 발음해본다. 김 교수는 천성이 마이크 체질이다.

"제목은 어렵지만 중간에 얌모 얌모라는 가사가 나오면 같이 따라해 주세요."

사람들이 또 손뼉을 치며 호응해준다.

"아, 얌모 얌모는 우리 말로 하자면 가자, 가자에요. 제목인 후니쿨라는, 케이블카도 아니고 열차도 아닌 케이블카에 매달린 일종의 등산열차에요. 이태리 사람들이 폼페이 베스비우스 화산에 이 등산열차를 놓으며 일할 때 부르던 일종의 노동요입니다. 우리 식으로 부르자면 영차, 영차, 힘 좀 내봐, 뭐 이런 뜻이 되겠지요. 요즘처럼 어려운 시기에 여러분들도 힘내세요. 얌모 얌모!"

사람들은 소리를 치며 박수를 친다. 역시 김 교수의 말발은 언제든 먹힌다. 사람들 얼굴은 하나같이 감동을 받은 표정이다.

어느 날 밤, 나는 산으로 올라갔다.

거기서는 너의 무정한 마음도 이제 나를 괴롭히지 않는다

산은 불을 뿜고 타오르고 있지만 달아나면 네게 아무 짓도 하지 않는다

네 곁으로 달려가서 너를 불태우지 않는다

바라보기만 한다면 가자, 가자

꼭대기로 케이블카로 올라가자

케이블로 올라가자.

나는 꼭대기에 닿았다

너에게서 멀리 떠나기 위해

그러나 머리는 멍멍해져 언제나 너의 주위를 돌고 있다

마음은 언제나 노래를 부른다

결혼하자, 자, 가자, 케이블카를 타고 꼭대기로

우리들은 베르디극장의 무대에서 공연하는 것처럼 열창한다. 나도 꿈의 무대인 '라 스칼라' 에 선 것처럼 온 몸으로 힘을 쏟아 노래한다.

"앵콜, 앵콜."

사람들은 휘파람까지 불어댄다. 지나가던 사람들까지 모여들어, 뒤에 있는 사람들은 이리저리 고개를 돌려가며 무대를 쳐다보려고 한다.

"알았어요. 알았어요. 그럴 줄 알고 준비했어요."

김 교수가 너스레를 떤다.

우리들은 만족한 표정으로 서로의 얼굴을 바라본다. 그리고 마지막 사인을 보낸다.

"얌모 얌모 얌모야."

나는 큰소리로 노래를 부른다.

보로니아

보로니아

그 꽃나무는 '보로니아'였다. 햇볕 아래 선명한 붉은 색의 꽃과 진한 향기가 나를 사로잡았다. 그 보로니아처럼 붉게 피어오르고 싶다고 열망한 적이 있었다. 나는 화분을 집어 들었다.

"예쁘네."

그가 향기를 맡으며 나직이 말했다. 어제 새벽까지 잠을 자지 못했다 하더라도 내 얼굴은 충분히 시들어 있었다. 푸른 색이 들어간 안경으로 눈을 가렸어도 우울과 체념의 빛은 숨길 수 없음을 나도 알고 있었다.

그래도 용감하게 옛 사랑 앞에 나설 수 있는 것은 나이가 들어가면서 생긴 무모한 용기 내지는 뻔뻔스러움이었다.

나는 지금 이 정도로 시들어 있다, 아마 앞으로는 말라비틀어져 꺾어

질지도 모른다, 그래도 당신은 나를 추억하고 싶은 건지, 그래도 만나고 싶은 건지, 나는 얼굴로 묻고 싶었다. 나는 그 대단치 않은 사랑에 아쉬움은 남아 있지 않다고 앞으로도 그럴 것이라는 마음을 맨 얼굴로 드러내 보이고도 싶었다.

"그 동안 잘 지냈어요?"

그는 어색하게 존댓말을 썼다. 그렇다고 대답했다. 더 이상 나쁠 게 없을 만큼 어렵고 힘든 시간들이었다. 그는 좋아보였다. 새로 바꾼 차와 고급스러운 넥타이와 윤기가 흐르는 얼굴로 당당하게 내 앞에 앉아 있었다.

나는 얼마 전 주차시키다 찌그러뜨린 차를 타고 나가지 않았다. 마치 내 인생은 이렇게 찌그러져 있다고 보여주는 것 같아서 싫었다.

그와의 이런 재회는 달갑지 않았다. 그의 전화인 줄 알면서 받지 않았던 적도 있고, 부재중 찍힌 그의 번호를 모르고 내가 다시 전화한 적도 있었다.

"지난 번에 왔었는데 괜찮은 것 같아서."

통유리로 멋을 낸 한정식집은 점심을 먹으러 나온 여자들로 북적거렸다. 세팅된 머리에 잘 차려 입고 앉아서 거리낌 없이 큰소리로 웃고 앉아 있는 여자들이 낯설게만 보였다. 염색한 지 오래돼 그대로 보이는 앞머리의 새치도, 세수한 얼굴에 스킨과 로션을 바른 맨얼굴도, 청바지에 셔츠를 입고 나온 옷차림도 막상 그와 마주 앉자 조금 신경이 쓰였다. 하지만 경매로 집이 넘어가고 당장의 쌀 걱정에 비하면 세상에 신경 쓸 것은 아무 것도 없었다.

"미안하다."

미안하다는 말로 나를 위로해주는 남편의 말은 저주 같았다. 빚쟁이들이 찾아올까봐 집에서는 인기척을 내지 않았다. 늘 불안했다. 아무리 벨을 눌러도 나는 아무에게도 문을 열어주지 않았다. 혼자 있는 시간, 긴 침묵, 고요, 텅 빈 눈동자, 두려움, 나는 침잠했다.

차창 밖으로 비쳐드는 햇볕이 따뜻했다. 따뜻함에 온 몸이 녹아들 것만 같았다. 밥을 먹고나오면서 뽑은 자판기 커피를 마시고 싶지 않았다. 카페에 가서 맛있는 커피를 마시고 싶다고 나는 말했다.

교외 외곽에 버티고 선 그 카페는 별로 들어가고 싶지 않았다. 오픈한 지는 꽤 된 듯했지만 세월의 힘을 받은 고풍스러움이나 정취는 없었다. 영락해가고 있는, 추하게 늙어가고 있는 왕년의 인기 여배우 같은 분위기에 나는 옛날 연인에게 완전히 마음이 닫혔다. 거칠게 올이 일어난 소파도, 흠집이 난 테이블도, 받침도 갖추지 않은 머그잔도 마음을 상하게 했다.

봄이라지만 카페 안은 선뜻한 한기마저 느껴졌다. 나는 뜨거운 커피를 서둘러 마셨다. 나는 고개를 들지 않았다. 이젠 누구와도 눈을 맞추고 싶지 않았다. 이제는 감정의 유희 따위에 나를 소진시키고 싶지 않았다. 어색한 침묵이 싫었다. 핸드폰을 꺼내들고 시간을 확인했다. 나는 자리에서 일어섰다.

자꾸 보로니아 자주색 꽃방울이 떨어졌다. 꽃방울은 하나둘씩 화분의 흙바닥에 깔렸다. 나는 자고 일어나면 제일 먼저 보로니아에게로 갔다. 말라비틀어진 붉은 방울들이 화분 바닥을 덮었다. 나는 보로니아 화분을 들었다.

"내가 뭘 잘못했니?"

햇볕이 거실 한가운데까지 차 들어왔다. 현관 신발장 위에 놓았던 보로니아를 베란다로 내놓았다. 물뿌리개에 물을 새로 받았다. 천천히 물을 흘렸다. 물은 검푸른 초록색 흙으로 금방 스며들었다. 손가락으로 화분의 흙을 눌러보았다. 이끼가 많이 섞인 흙이 더 물이 필요한 것인지 알 수 없었다. 늘 너무 자주, 많이 물을 주어 화초들이 죽어버렸다.

아직도 몽롱하니 피곤했다. 진하고 달게 커피를 탔다. 커피잔을 들고 보로니아 화분 앞에 쪼그리고 앉았다. 그때 내 눈에 보로니아 붉은 꽃 위에서 꾸물거리는 게 보였다. 눈을 크게 떴다. 개미였다. 나는 커피잔을 내려놓았다. 눈을 부릅뜨고 개미를 좇았다.

내 눈에 들어온 개미는 평소에 눈에 띄지도 않은 작은 미물이 아니었다. 나는 엄지와 검지로 개미를 콱 잡았다. 순간 온 몸에 소름이 돋았다. 갈색 점처럼 찌꺼기가 묻어난 손가락을 서로 비벼댔다. 찌꺼기는 사라져 버렸다. 나 역시 알지 못하는 거대한 무엇인가에 짓이겨져 있는 운명에 속한 게 아닐까.

베란다에서 또 다른 개미들이 있나 찾아보는데 핸드폰이 왔다.

"맛있는 문자가 왔다."

핸드폰 속에서 남편이 웃음을 흘리며 말했다.

"뭐라고?"

나는 남편의 어이없는 웃음 뒤의 의미가 무엇인지 궁금했다.

"말로 못하니까 문자로 보낼게."

남편이 핸드폰을 끊었다. 오늘까지 입금하지 않으면 정지시키겠다는 통신회사의 메시지를 먼저 읽고 나서, 메시지를 확인했다.

'그 미친놈이 스와핑 하재.'

남편이 말하는 미친놈은 M이었다. 남편과 함께 M을 만난 건 지난 일요일이었다. 그와 나이는 같았지만 친구라고 동료라고 하기에도 어색한 사이였다. 그가 한때 다니던 회사의 사장이었다.

M은 가끔 그에게 안부를 전해왔고 요즘 들어서는 거의 매일 그에게 전화를 해서 만나자고 했다. 그는 귀찮아 죽겠다고 투덜거렸다.

"외로워서 그럴 거야."

그는 10년이 넘어도 자기를 잊지 않고 전화해준 M에게 고마워도 했다.

"주위에 친구도 없고, 있다고 해도 마음 놓고 만날 사람은 없을 거야."

그는 M을 측은하게도 생각하는 것 같았다.

"바람도 쐴 겸 나가서 맛있는 것도 얻어먹고 오자."

나는 가기 싫다는 그를 억지로 일으켜 세웠다. 그가 운전을 해서 가는 도중 M은 몇 번이나 전화해서 어디쯤 오는지 확인했다.

60평 아파트는 엘리베이터부터 달랐다. 벨을 누르자 양복을 갖춰 입은 M이 나왔다. 곧이어 아랫단이 넓게 퍼지는 치마를 입은 그의 부인도 따라 나와서 인사했다. 넓은 현관 입구에는 잎이 무성하고 키가 큰 벤자민, 관음죽, 파파야 등이 있었다. 안으로 들어서자 중고등학교에 다니는 두 딸들이 인사를 해왔다. 늘 공부를 잘 한다고 자랑하던 딸들이었다.

큼직한 가구들과 화려한 조명은 돈의 위용을 자랑하고 싶은 주인의 취향을 그대로 나타냈다. M이 앉은 소파 뒤, 베란다도 화분으로 가득 찼다. 값이 꽤 나가는 분재, 꽃을 피우고 있는 난들, 단풍나무, 귤이 달려 있는 과일나무 등으로 작은 정원 같았다.

"화분이 굉장히 많네요."

내 눈길을 따라 베란다를 쳐다보던 그가 말했다.

"다 죽이고 몇 안 남은 거야."

M이 호기롭게 말했다.

"죽인 게 더 많아요. 소나무 분재같이 비싼 것만 죽였어요. 분재는 아무래도 배워야 할 거 같아요."

M의 부인은 나와 그를 어려워하지 않았다. 십 년 전 그때, 우리 집을

와본 적이 있는 여자로서는 우월감을 느끼고 있는 게 분명했다.

"미인이시네요."

M이 새삼스럽게 나를 보고 말했다. 자꾸 과일을 권하는 M은 그를 지나쳐 내게 눈길을 주곤 했다. 깊게 쌍꺼풀이 진 눈, 광적으로 빛나는 눈동자, 가벼워 보이는 말소리는 남자로서의 매력이나 신뢰감을 주지는 못했다.

강가에 자리잡고 있는 한정식집은 손님이 많았다. 자리에 앉으면 창밖으로 강이 내다보이는 전망 좋은 음식점이었다. 대나무에 쪄온 밥 이외에는 별로 이렇다 하게 맛깔스럽게 입맛을 당기게 하는 반찬도 없었다.

술과 담배를 끊었다는 M은 고기마저도 먹지 않는다고 했다. 하루에 한 갑 이상의 담배를 피우고 있는 그는 M에게 대단한 의지라고 추켜세워 주었다. M은 그에게 얼굴을 들이밀고 은밀히 말했다.

"담배를 끊으면 정력도 좋아진다니까."

그 말을 하면서 M은 지긋한 눈빛으로 나를 쳐다보았다. 나는 어설픈 미소로 답례를 했다. 밥은 정말 맛이 없었다. 식후의 커피까지 마시고 나서 우리는 밖으로 나왔다. 나는 요의가 느껴져 혼자 화장실에 갔다. 화장실에 가서 손을 씻고 머리를 빗어 넘기고 립스틱을 칠하고, 그렇게 나는 오래도록 시간을 보내고 화장실에서 나왔다.

그도 M도, M의 부인도 없었다. 바로 아래 강가로 내려갔는지 두리번거렸지만 보이지 않았다. 음식 맛은 별로였지만 마당은 잘 가꾼 집이었다. 여러 화초들 사이에서 보로니아가 눈에 들어왔다. 내 보로니아는 빨갛고 자잘한 방울 같은 꽃이 아직 가득한데, 여기 보로니아는 그냥 가느다란 줄기만 있었다. 아직 꽃을 피우지 못했나 보았다.

나는 코를 갔다댔다.

"냄새가 좋아요?"

어느 새 왔는지 M이 등 뒤에서 물었다.

"향이 맡아지지 않네요."

내가 대답했다.

"이게 뭐더라?"

M이 생각하는 눈치였다.

"보로니아에요. 호주산인데 이건 아직 꽃이 피지 않았네요?"

"아, 그래요?"

M이 눈웃음을 치며 말했다.

어쨌든 M 덕분에 기분전환은 확실히 했다. M의 외제 승용차는 안락하고 편했다. 과잉된 친절이 부담스러웠지만 한적한 드라이브 코스는 한결 마음의 여유를 가지게 했다. 더도 말고 덜도 말고 외진 곳에 밥과 차를 파는 아담한 식당 하나를 가지고 하루하루 평안하게 살았으면 좋겠다는 소박한 바람을 가져보기도 했다.

불 꺼진 베란다에서 앉아서 보로니아를 내려다보고 있었다. 그가 열쇠로 문을 열고 들어왔다.

"뭐해? 불도 켜지 않고."

그가 거실 불을 켰다.

"웬 꽃이야?"

이제야 보로니아를 본 그가 심드렁하게 물었다.

"샀어."

내 대답에 그가 엉뚱하다는 눈길로 나를 뚫어져라 바라다보았다. 그의 눈빛에서 나는 그의 마음을 읽어낼 수 있었다.

'너는 지금 이 상황에서 화분이나 사서 볼 경황이 있니? 그렇게 여유로운 네가 부럽기도 하다. 난 이렇게 힘들어 죽겠는데 내겐 힘을 주지 않고 나 몰라라 하는 너를 이해할 수 없다.'

그는 그런 눈빛을 거둬들이고 피곤하다고 밥도 먹지 않고 잠자리에 들었다. 그의 옹졸함에 치가 떨렸다. 나는 그렁그렁하게 나오는 눈물을 떨어뜨리며 베란다에 앉아 있었다.

냉장고에는 소주가 있었다. 그가 먹다 남겨둔 소주는 딱 세 잔이 나왔다. 첫 번째 잔을 마시며 나는 눈을 꾹 감았다. 목이 싸하니 떨렸다. 가슴이 뜨거워졌다. 금방 더운 기운이 목으로 올라왔다. 두 번째 잔은 천천히 나누어 마셨다. 이제 몸속은 공평하게 열이 퍼져 나갔다. 더운 입김을 불어냈다. 마지막 잔에 소주를 따랐다. 잔에 가득 채워지지 않는 아쉬움에 나는 소주병을 기울여 털어댔다. 한두 방울 소주가 떨어졌다.

이제 뜨거움은 머리까지 솟구쳤다. 자리에서 일어섰다. 약간 핑그르르 돌긴 했지만 기분이 좋았다. 세상에 모든 슬픔이 사라지는 듯했다. 모든 걸 용서할 수 있을 것도 같았다. 나를 이 구렁텅이에 몰아넣은 그에게 웃어줄 수도 있을 것 같았다. 그의 무능력도 덮어줄 수 있을 것 같았다.

베란다로 나갔다. 문을 열었다. 바람이 훅하고 달려들었다. 온 몸이 찌릿할 정도로 찬 바람이 들어왔다. 머리카락이 헝클어지고 긴 치맛자락이 펄럭였다. 맨발인 발이 시렸다.

나는 베란다 난간의 창살 아래 틈으로 발을 끼우고 섰다. 저 멀리 새로 들어선 아파트의 불빛이 유난히 밝고 따스해 보였다. 나는 시선을 거둬들였다. 바로 아래 주차장을 내려다보았다. 머리가 어지러웠다. 나는 난간을 꼭 잡았다.

얼른 베란다로 내려섰다. 그 바람에 화분 하나가 쓰러졌다. 보로니아였다. 붉은 꽃방울이 더 떨어졌을 것이다. 이 약하고 약한 꽃처럼 떨어지고 말 것인가. 바싹 말라버린 꽃방울은 손가락으로 문지르자 금방 부서져 버렸다.

몸이 점점 더 가벼워졌다. 소주병은 이미 비어 있었다. 장식장에는 선물로 받은 술이 있었다. 중국 출장을 다녀온 그의 친구가 준 고량주였다. 호리병처럼 생긴 술병 뚜껑을 열자, 독한 향이 퍼져 나왔다. 그 독기가 마음에 들었다. 소주를 따라 먹던 잔에 독주를 부었다. 독주는 몸을 마비시키는 듯했다. 머릿속에 바람이 들어간 것처럼 시원했다.

이렇게 내 삶이 추락한 줄은 몰랐다. 내 인생이 이렇게 비루한 줄은 몰랐다. 돈만 있다면 모든 게 다 해결될 것이다. 모든 짐에서 벗어날 것이다.

나는 그가 자고 있는 안방으로 들어갔다. 옆으로 비스듬히 누워 있는 그는 다리를 웅크리고 있었다. 나는 그의 다리를 잡고 쭉 폈다. 그래도 그는 깨지 않고 곤한 잠 속에 빠져 있었다.

그의 머리맡 충전기에 꽂혀 있는 핸드폰을 뺐다. 발뒤꿈치를 들고 조심스럽게 방을 나왔다. 문자 메시지를 검색했다. M에게서 온 메시지는 그의 말대로였다. 화창한 봄날에 스와핑이 어떠냐는 메시지는, 그의 대답이 없자, 맛있는 문자 잘 먹었냐고 했다.

나는 회신을 누르고 문자를 쓰기 시작했다.

바다가 보이는 찻집에 가고 싶어요.

그 정도면 M은 알아들으리라고 확신했다. 대답은 내 핸드폰으로 해달라고 하고, 내 번호를 남겼다. 마지막으로 확인 버튼을 누르며 나는 망설이지 않았다. 지금 이대로의 기분이라면 아무렇지도 않을 것 같았다.

그래, 치욕스럽게 생각하지 말고 즐기자. 어떤 잘 생기고 매력적인 남자와 사랑에 빠졌다. 나는 비록 결혼한 유부녀이지만 남자와의 열정적인 사랑을 나누는 것이다. 남자는 매력적이고 섹시하기까지 하다. 비도덕적이긴 하지만 남자와의 섹스를 포기할 수는 없다. 비록 다른 사람들에게 비난을 받을지라도 나는 남자와의 섹스 그리고 쾌락에 여자로서 최고의 행복을 맛본다.

술기운 때문인지, 불온한 생각 때문인지 몸이 더 후끈 달아올랐다. 그렇게 나쁘지만은 않았다. 지금, 이 밤 M이 자지 않고 있다가 내 문자를 받았으면 좋겠다. 나는 다시 또 한 잔의 독주를 마셨다. 술이 취하면 술이 술을 마시듯 독주가 독주를 마셨다. 입에서는 저절로 거친 숨이 새어나왔다.

그때였다. 띠릉, 하고 핸드폰이 울렸다. 문자 메시지가 왔다는 신호였다. 가슴이 두근거렸다. 얼굴로 열이 확확 올라왔다. 무슨 암호가 있기라도 한 것처럼 나는 핸드폰을 오래도록 들여다보았다. 숨을 몰아쉬고 천천히 핸드폰 뚜껑을 열었다. 좋아요, 내일 다시 연락드리겠습니다, 하고 M은 메시지를 보냈다. 나는 얼른 문자를 지웠다. 가슴이 쿵쿵거리며 뛰었다.

또 한 잔의 독주를 마시고 싶었지만 속이 메스꺼웠다. 금방이라도 모두 넘어올 것만 같았다. 냉장고 속 물병을 꺼냈다. 시원한 물이 타는 듯한 갈증을 풀어주었다. 그렇지만 차가움이 싫었다. 무엇인가 분명해지는 게 싫었다. 내 잘못, 모순, 부덕, 못남 등이 까발려지는 게 참을 수 없었다.

나는 알코올중독자처럼 손을 떨며 또 술을 따랐다. 단숨에 술을 털어 넣었다. 이제 술에는 자신이 붙었다. 술처럼 인생도 단순했으면, 금세 따라잡을 수 있는 거라면 좋겠다. 나는 가능하지 않을 희망을 잠깐 품어보았다.

그는 극적인 내 삶을 눈치채지 못하고 곤히 잠들어 있었다. 그의 옆에 누웠다. 이불 속에 있던 그의 몸은 잘 뭉그러진 호박처럼 뜨겁고 부들부들했다. 나는 입고 있던 트레이닝 바지와 반팔 티셔츠와 브래지어를 벗어 던졌다. 팬티까지 벗고 나서 그의 몸에 바싹 다가갔다. 잠결에 그는 나를 끌어안았다.

내 불온한 생각과 상상은 나를 대담하게 만들었다. 새로 이사를 한 후, 그와는 한 번도 잠자리를 하지 않았다. 서로에 대한 불만, 얘기하다 보면 큰소리가 나와 언짢아지곤 하는 말다툼, 그리고 불안을 해소하기 위해 그와 난 등을 돌린 채 빨리 잠이 들기만을 바랐다. 때문에 한때 지겹도록 입을 맞추고, 온 몸이 뻐근하도록 강렬했던 그와의 섹스가 빛바랜 영화처럼 아득하기만 했다.

그래서였을까. 그는 굶주린 짐승처럼 굴었다. 나는 그를 살살 달랬다. 너무 거칠지 않도록, 무례하지 않도록 그를 조금씩 밀쳐냈다. 그럴수록 그는 허기를 더 느끼는 것 같았다. 나는 마음을 바꾸었다. 그래, 한 번만이라도 그를 풍요롭게 해주자. 그는 오래도록 내 안에서 나오지 않았다.

오랜 만에 맛보는 나른함에 나는 늦잠을 잤다. 그는 라면을 끓여 놓았다. 김치냉장고에서 김장김치까지 꺼내놓고 먹으라고 했다. 걸인의 찬, 왕후의 밥이라고 그는 웃었다. 나도 따라 웃었다.

"그래, 웃자. 웃으며 살자."

그렇게 말하는 그의 눈가의 잔주름, 패인 볼, 더 늘어난 새치가 마음을 쓸쓸하게 했다. 그가 나가고 나자, 졸음이 쏟아졌다. 이상하게 잠이 많아졌다. 계절 탓도 피곤함 때문도 아닌 것 같았다. 현실에서 도피하고픈 마음이 자꾸 눈을 감게 하는 거라는 생각이 들었다. 요즘의 그나마 위안은 잠잘 때뿐이었다. 잠을 자는 순간에는 모든 게 정지되어 좋았다. 근심 걱정에서 벗어날 수 있는 유일한 시간이었다.

햇볕이 너무 좋았다. 잠을 자기엔 너무 밝았다. 블라인드를 내리러 거실 베란다 유리문으로 갔다. 보로니아가 이상했다. 물을 좋아하니까 삼사일에 한 번 주라는 화원 아저씨 말대로 꼬박꼬박 보로니아에게 물을 주었다. 그런데 보로니아 줄기가 휘어져 있었다. 흙은 아직 습기가 남아 있었다. 어디에 채여서 꺾인 것 같지는 않았다.

어젯밤에 술을 먹고 나도 모르게 보로니아를 다치게 한 것일까. 손으로 조심스럽게 보로니아를 옆으로 세웠다. 하지만 연약한 그 줄기는 금방 스러졌다. 다시 한 손가락으로 줄기를 밀어보았다. 역시 금세 출렁대며 흔들리다 휘어진 채로 멈췄다.

무엇이 문제인지 모르겠다. 왜 꽂꽂하게 서 있어야 할 보로니아가 꺾이고 마는지 나는 마음이 울적했다. 보로니아의 꽃처럼 열정을 품었을 때, 지금의 내 나이엔 안정된 삶을 살게 되리라 생각했었다. 좀 더 호사를 부려서 봉사활동도 할 거라고 했다. 물론 경제적인 여유와 마음의 풍요로움이 있어야만 봉사가 가능한 것은 아니지만 나는 그렇게 인생의 계획을 잡아놓긴 했었다.

핸드폰이 울렸다. 문자 메시지가 왔다. M이 보낸 메시지는 탐색의 냄새를 풍겼다. 나를 탐색하기보다는 그를 탐색하는 듯했다. 어딘지 비겁하고 나약해 보였다. M의 특성상 그런 것들은 어쩌면 자연스럽고 본질적인 것인지도 몰랐다.

가난한 농부의 막내아들인 M은 중학교만 간신히 졸업하고 서울로 상경했다. 청운의 꿈을 안고 올라온 젊은이들처럼 M도 닥치는 대로 열심히 일했다. 버스 안에서 볼펜 따위를 팔기도 했고, 일당을 받는 노동도 했고, 책 외판도 했다. 하지만 그렇게 해서는 절대로 꿈을 이루지 못한다는 것을 알았다.

M은 있는 자의 편에 설 수 있는 세상의 진리를 몸으로 체득했다. 거짓과 배신, 탐욕을 분별할 줄 아는 눈도 가졌다. M이 그를 좋아하는 이유는 그의 순진함 때문일 것이다. 절대로 자기를 속이고 돈을 빼돌리지 않을 사람이라고 생각했기 때문이다. 또 중학교밖에 나오지 못한 자신의 무식을 그를 옆에 둠으로써 가리려고 했기 때문이다.

넓은 아파트 벽에 붙어 있는 그림들은 한눈에 봐도 예술성과 작품성과는 거리가 먼, 액자만 화려한 것이었다. 크기만 큰 도자기들은 집주인의 안목이 전혀 없다는 것을 내보이고 있었다.

"돈이 보이지."

M은 돈은 어느 쪽에서 어떻게 흘러가는지 보인다고 했다.

"자기도 좀 가르쳐달라고 해."

나는 남편이 제발 돈과 인연이 닿기를 바랐다. 하지만 얼마 지나지 않아 남편은 M의 회사에서 나왔다.

"술만 먹으면 개가 된다."

평소에 정중하게 예의를 차리던 M은 술만 먹으면 돌변하는 듯했다.

"도저히 참을 수 없다."

남편은 더 이상 얘기하고 싶지도 않아 했다. 내가 한 마디라도 꺼내면 벌컥 화를 냈다.

"너 같아도 마찬가지였을 거야."

나는 별로 대단치도 않은 자존심 때문에 중요한 것을 놓쳐버린 것 같아서 못내 아쉽고, 그가 원망스럽기까지 했다. 조금만 참으면, 우리도 M처럼 되지 않을까.

"나 같으면 자존심 따위는 화장실 변기 속에 처박아 쓸려 보내고 뭐라든지 할 거야."

나는 화장한 얼굴 위로 흘러내리는 쓰라린 눈물을 닦으며 말했다.

어쨌든 M이 이쪽으로 온다고 했다. 탐색전을 하기 위해서인 듯했다. 그가 모르는 게 좋았다. 할 수만 있다면 영원히 그를 속이고 싶다. 망설임은 있다. 부도덕이나 불륜 때문은 아니었다. M을 좋아한다면, 사랑한다면, 잠깐이라도 설렘을 느꼈다면 차라리 떳떳할 것이다. 비굴하지 않을 것 같았다.

단지 돈 때문이라면 창녀와 다를 바 없었다. 권력을 잃지 않기 위해 색을 쓰고, 근친상간까지도 서슴지 않았던 '측천무후'와 '미실'에 비하면 내 욕망은 찬란하지도 정의롭지도 않다. 그래도 아직 누군가가 나를 원한다면 내 인생도 희망적이지 않을까.

그에게서 핸드폰이 왔다.

"그 미친놈이 자꾸 전화질이네."

그가 성질을 내며 말했다.

"뭐라고?"

"자꾸 만나자는 거야. 이번엔 회를 사주겠다는 거야. 싫다는데도 왜 그런지 몰라?"

나는 조금 불안했다.

"정말 왜 그런지 모르겠어?"

은근한 목소리로 내가 말했다.

"있긴 뭐가 있어?"

그는 또 화를 냈다.

나는 M을 만난다는 말을 내뱉고 싶었다. 그의 반응도 궁금했다. 그의 사랑을 확인하는 바보스러운 짓이라도 해보고 싶었다. 내게 사랑은 너무 사치스러운 것이 돼버렸다. 아직도 건재한 내 유치함과 낭만에 기가 찼지만 나는 그를 떠보았다.

"나, 이따가 나갔다 올 거야. 많이 늦을지도 몰라."

나는 담담히 말했다.

"누구 만나?"

오랜 만의 외출인데도 그는 심드렁하게 물었다.

"응, 돈 많고 멋진 애인 만들려고 나간다."

"그래? 그러면 가서 돈 좀 많이 달래가지고 와라. 나도 바라는 바이다."

그는 아무렇지도 않게 말했다.

"정말이야?"

그의 뜻밖의 대답에 놀란 건 나였다.

"그래. 이젠 정말 지겹다."

세상 모든 것에 대한 호기심과 욕망이 사라진 듯한 체념의 목소리에 화가 솟구쳤다.

"지겹다고?"

나는 목소리의 톤을 높였다.

"나는 죽고 싶어. 살고 싶지 않아."

나는 휴대폰에다 있는 힘껏 소리를 치고 뚜껑을 닫았다. 나는 그라도 잡초처럼 다시 일어설 수 있기를 바랐다. 그래서 그 억센 힘으로 나를 일으켜주기를 원했다. 그에게서 희망을 찾고 싶었다. 그가 이렇게 주저앉아서는 안 된다.

베란다로 나갔다. 보로니아를 비켜서 문을 활짝 열었다. 가슴이 답답했다. 누구한테라도 이 답답한 마음을 내보이고 싶다는 강렬한 열망이 일었다. 그냥 내 안에 있는 말을 다 쏟아내고 싶었다. 그러면 마음이 조금은 가벼워질 것 같았다.

이럴 때 생각나는 사람이 아무도 없었다. 아무 사심 없이 내 말을 들어주고, 내 치부를 알고도 흉잡지 않고, 겉치레가 아닌 진정한 위로의 말을 건네줄 사람이 없었다. 내 잘못이었다. 나 또한 다른 사람에게 그런 사람이 되지 못했음이 분명했다. 아무리 삶이 외롭고 누구나 다 외롭다고 하지만 지금 내 주위는 건조하고 삭막했다.

전화기는 언제부터인가 울리지 않았다. 아무하고도 소통하지 않으리라 하고 전화번호도 바꾸었다. 전화도 받지 않고 하지 않았다. 대신 나는 화초들에게 공을 들였다. 물을 주고 음악을 틀어주고, 환기를 시켜주고, 말을 해주었다.

내 사랑 덕분인지 재스민은 벌써 두 번째 꽃을 피웠다. 보라색으로 피었다가 흰 색으로 변하는 재스민은 향이 강했다. 죽어가던 선인장은 가시가 생생하게 돋아나더니 빨갛게 송이가 올라왔다. 벌레 먹고 누렇게 뜬 잎을 잘라낸 관음죽은 건강하고 푸른 이파리들만이 남아서 시원하게 보였다. 나는 그렇게 화초들과 친구가 되려고 했다.

보로니아는 꽃방울이 떨어진 대신 키가 훌쩍 자라났다. 줄기가 가느다란 보로니아는 바깥쪽으로 휘어진 것이 많았다. 화분이 작아서 그런 것인지, 나무꽂이로 받쳐 주어야 하는 것인지 알 수가 없었다. 바닥에 떨어진 꽃방울은 바짝 말라 있었다. 그것들은 활짝 피어 있었던 것도, 채 피어나지도 못하고 떨어진 것도 있었다.

나는 떨어진 꽃방울 하나를 집어 들었다. 손가락으로 빛바랜 꽃잎 하나를 떼어냈다. 꽃잎은 쉽게 떨어졌다. 또 하나의 꽃잎을 뗐다. 금세 꽃잎은 다 떨어졌다. 나는 화분에서 다시 마른 꽃방울을 집어 들었다.

M이 도착한다고 한 시간이 점점 다가오고 있었다. 맛있는 커피나 한 잔 마시자고 했다. M을 만나러 나간다면, 내 인생은 어떻게 달라질까.

밖으로 휘어진 보로니아 가지가 보기 싫었다. 아무래도 받침대를 몇 개 세우고 줄로 둘러쳐서 울타리를 쳐주어야겠다. 그러면 절대로 꺾이지도 쓰러지지도 않을 것이다. 조금 더 지나서 뿌리가 넓게 퍼지고 가운데 가지가 든든해지면 위쪽의 가지는 휘어지지 않을 것이다. 그때는 좀 더 큰 화분으로 분갈이를 해주면 될 것이다. 화분은 보로니아의 빨간 꽃을 더 화사하게 보일 단순하고 밝은 색의 화분으로 골라야 할 것이다.

나는 베란다 창고 문을 열었다. 모종삽과 분갈이 흙과, 겹겹이 포개진 화분과 영양제가 한쪽 구석에 있었다. 나는 받침대로 쓸 적당한 것을 찾았다.

다시 베란다로 나왔다. 보로니아 화분 옆에 놓여둔 핸드폰에 부재중 통화가 찍혀 있었다. 나는 장갑도 끼지 않고 맨손으로 화분의 흙을 조금씩 파헤쳤다.

사랑을 새기다

사랑을 새기다

언제쯤 이 남자가 깨어날까.

벌써 내 몸에서는 식은땀이 흐른다. 손도 조금 떨리기 시작한다. 하긴 처음이니까 떨리는 게 당연하다. 일회용 바늘과 바늘을 끼워 넣는 팁과 잉크를 담는 일회용 컵을 침대 옆, 탁자에 조심스럽게 올려둔다. 땀 때문에 위생장갑을 끼는데 잘 들어가지 않는다.

이불을 차버린 남자는 고맙게도 대자로 뻗어 있다. 남자의 알몸이 오랜 만이라 낯설다. 미리부터 생각해두었던 곳을 본다. 뼈와 가깝지 않은 곳이 아프지 않다. 남자를 배려해서 어깨 밑, 팔뚝으로 정했다. 팔뚝이라면 통증을 거의 느끼지 못할 뿐 아니라 옷을 입으면 보이지 않을 수도 있다.

푸른 색 잉크를 컵에 따른다. 시간을 절약하기 위해서 색은 한 가지로 쓰기로 한다. 오늘은 그림이 아니라 글자를 새겨 넣는 레터링 타투를 할 거다. 글이나 숫자, 격언을 새기는 레터링 타투는 여자 연예인들이 많이 했다. 뒷목에 은근 슬쩍 나타나는 글자가 섹시하게 보이기도 한다.

이불을 끌어다 남자 배를 덮는다. 축 늘어진 그것도 보기 싫고, 여차하면 이불로 얼굴로 덮어버리고 튀면 된다. 이런 날을 얼마나 바라고 바랐던가. 사부 밑에서는 실전 기회를 잡기가 거의 불가능했다. 사부들은 다 나보다 훨씬 나이가 어린 남자들이었다.

뭐, 이런 아줌마가 배우러 왔어?

노골적으로 어이없어 하는 표정이었고, 아예 받아주지도 않았다. 합법도 아니고 불법도 아닌 타투가 젊은 아이들에게는 인기가 있고, 외국에서는 합법적으로 성행하고 있어서 곧 우리나라에서도 그렇게 되지 않을까, 나름 전망한 것이다.

내 나이의 여자가 할 수 있는 거라고 뻔했다. 전문적인 경력이 없는 한 대학 졸업 따위 학력은 이력서에서조차 쓰지 못할 것이 돼버렸다. 그나마 학력이 필요하고 나이가 좀 있어도 되는 인터넷 학습회사에 들어간 게 천만다행이었다. 물론 스트레스는 있다. 회원을 유치하고, 그만두는 회원을 잡아야 하는 스트레스가 만만치 않았다. 팀장은 20일이 지나면 실시간으로 메신저로 닦달을 해댔다. 돌아버리기 일보직전이지만 언제나 네, 알겠습니다, 해보겠습니다, 하고 대답했다. 여기서 나가면, 잘리면……. 아직은 매달 꼬박꼬박 월급을 받았지만 그럼에도 불구하고 불안했다. 내가 제일 나이가 많았다. 기껏해야 2,3년을 버틸 수 있을 것이다.

나이 들면 근육이 없어진다더니 이 남자의 팔뚝도 그리 단단하지는 않다. 노동뿐 아니라 운동도 하지 않은 몸이다. 헬스나 골프를 할 만한 여유를 갖지 못하고 회사에 다녔는지도 몰랐다. 그러다가 명예퇴직을 하고 퇴직금으로 대리점을 차린 것이라고, 나는 내 마음대로 남자의 인생을 정리했다.

톡. 드디어 첫 땀을 뜬다. 남자의 얼굴을 바라본다. 다시 톡, 톡, 톡. 바늘 끝이 닿을 때마다 남자가 조금씩 움찔댄다. 설마 깨어나지는 않겠지. 한숨을 한 번 크게 내쉬고는 다시 바늘을 가져다댄다. 남자가 깨어난다면 어떻게 될까.

나도 준비란 걸 했다. 나는 이미 옷을 다 입고, 가방을 챙겨 방문 앞에 두었다. 여차하면 가방을 들고 그대로 튀어나가면 그만이다. 이 일을 하기 위해서 준비할 게 많았다. 집중력과 체력은 필수조건이었다. 덕분에 알코올중독에서는 빠져 나왔고, 담배도 삼 일에 한 갑으로 줄였다. 술잔과 담배 대신 4B연필과 붓을 들고 수많은 밤을 새우며 스케치를 하고 색을 칠했다. 음악도 들었다. 핸드폰 유투브 동영상에서 듣는, 모든 노래는 나를 울렸다. 어떤 가사도 어떤 멜로디도 내 마음을 건드리지 않는 게 없었다. 눈물을 쏟으며 그림을 그리고, 외로움을 견뎠다. 나만 외롭지 않다고, 누구나 다 외롭다는 걸 받아들이기 위해서 노력했다.

처음부터 이 남자를 시험용으로 찍지는 않았다. 내 인생에 남자는 없다고 스스로 선언하며 살았다. 그 놈의 핸드폰을 떨어뜨려 액정이 나갔다. 처음엔 쓰는데 지장이 없더니, 갑자기 먹통이 돼버렸다. 사실 누군가 나에게 전화할 일도 거의 없지만 회원들은 모두 내 핸드폰 번호를 알고 있었다. 업무용 핸드폰 번호가 있지만 그건 문자 수신이 안 됐다. 또 회비가 걸린 일이라 가끔은 핸드폰으로 협박성 전화와 문자를 보낼 일도 있었다. 급박한 건 갑자기 누군가 그만둔다는 문자를 보내면 빠른 조치를 해야 했다. 할 수 없이 집 근처 대리점으로 갔다.

그만한 살림살이의 동네에 핸드폰 가게도 많았다. 왠지 아무 데나 가면 호객이 될 거 같았다. 나는 호객이 될 조건을 딱 갖춘 여자였다. 새로 개업했는지 촌스러운 리본을 매단 화분이 두 개 있는 핸드폰대리점이 눈에 들어왔다. 그래도 개업한 곳이 친절하고 믿을 만하지 않을까 하는 생각으로 들어갔다. 혀 짧은 소리를 내는 젊은 남자가 아니라 머리가 슬쩍 벗겨진 내 나이와 비슷한 남자가 인사를 해오자 이상하게 마음이 놓였다.

"핸드폰 보시게요?"

남자는 머뭇거리며 말했다.

"네. 핸드폰이 고장나서요."

"일단 이리 와서 앉으세요? 커피 드시겠어요?"

남자는 정중했다.

매장에 커피머신기가 있었다. 없는 살림에 캡슐 커피머신기까지 갖추고 있을 만큼 커피를 좋아해서 나는 고개를 끄덕였다. 커피를 마시는 내게 남자는 깨알 같은 숫자가 가득한 파일을 보고 설명하느라 진땀을 뺐다. 작은 글씨가 안 보여 안경을 올리고, 눈을 찡그리고, 식은땀을 흘렸다. 나는 같은 처지라 이해하지만 젊은 애들을 어떻게 상대할지 걱정이 됐다.

"그냥 요금이 제일 싼 거로 해주시면 돼요."

남편을 비롯한 남자들에게 악다구니만 써대던 내가 부드러운 목소리로 말했다.

"아, 네, 그러면……."

남자는 그래도 내게 뭔가 설명하려고 노력했다. 회사든 사업이든 뭔가를 정리하고 새로 시작한 티가 팍 났다. 고객을 속이는 게 아니라 고객한테 당할 것같이 안쓰러웠다. 새로 시작하는 자영업자 대부분이 오래 못 가고 망한다고 하지만 하필 왜 이 업종을 선택했는지 남자의 뒤처진 현실감각에 확 짜증이 일어났다.

"알았다구요."

짜증스럽게 내가 말했다.

새로 개통된 핸드폰과 종이봉투와 선물로 준 화장지를 들고 걷는데 얼굴이 확확 달아올랐다. 갱년기 증상 같기도 하고 부끄러워서 그런 거 같기도 하고 종잡을 수 없었다.

L의 마지막 땀을 찍는다. 겨우 한 글자를 끝냈지만 안도의 한숨이 절로 나온다. 고개도 이리저리 돌려보고 어깨도 움직여본다. 긴장이 좀 풀어진 거 같다. 술을 마시면 안 되는데 남자의 비위를 맞추기 위해서, 남자를 취하게 하기 위해 나도 같이 마셨다. 사적인 것과 공적인 거를 구분하는 프로의식을 갖느라고 술을 자제했다. 남자가 과음하지 않게 하느라, 섹스생각을 하지 못하게 될 정도로 많이 마실까봐, 아양을 떨며 그만 마시자고 했다. 그 말에 남자는 감동을 받는 듯했다.

이 일은 연습 대상을 구할 수 없다는 치명적 약점이 있다. 아무나 붙잡고 바늘을 들이댈 수는 없으니까. 내가 이 일을 택한 건 늙어서까지 먹고 살려는 생계유지의 방편이기도 하지만 어느 날 우연히 읽은 신문기사를 보고, 내가 좋아하는 것을 직업으로 삼아보자는 희망을 붙잡고 늙어가자고 결심했기 때문이다.

외국 유명 연예인의 타투를 해서 세계적으로 이름이 난 남자의 기사를 보고 강한 호기심이 생겼다. 타투 그림은 조폭들이 새긴 문신하고는 격이 달라보였다. 아름다운 그림이 많았다. 무엇보다도 고객이 원하는 그림을 원하는 부위에 그려 넣어야 해서 본인만의 포토폴리오를 가지고 있어야 한다는데, 그러기 위해서는 그림의 기본을 충실히 쌓아야 했다.

나는 알코올중독에서 빠져 나오기 위해서 술을 마시지 않고 그림을 그리기 시작했다. 20대의 한때는 유학을 가서 그림을 그렸다. 내가 삼년을 살았던 로마의 미술학교에서는 사람의 몸에 그림을 그리는 페인팅학과도 있었다. 타투가 아니라 무대 분장용으로 하는 거였지만 캔버스와는 다른 느낌이었다.

집 근처 문화센터 회화반 수업은 일주일에서 한 번뿐이지만 연말에는 전시회도 했고, 나는 누구보다도 열성적으로 그림을 출품했다.

어려서부터 내가 좋아했던 게 그림을 그리는 것이고, 그게 내가 제일 좋아하는 거라고 알았다. 그런데 그 일을 하면서 돈까지 번다면, 얼마나 좋을까.

지금이야 매달 월급을 꼬박꼬박 받고 있지만 제일 나이가 많은 내가 언제까지 할 수 있을지는 모른다. 집도 없고 남편도 없고 모아놓은 돈도 없는 내게 노년은 공포다. 거머리처럼 달라붙던 남편과의 이혼이 서류상으로 끝나자 홀가분했다. 별거와 동거를 반복했던 20년 동안 남편은 내 돈만 갈취해갔다. 신혼 때, 잠깐 그러니까 결혼해서 얼마 후까지만 직장을 다니긴 했다. 아이가 생기자 바로 직장을 그만두고 껌딱지처럼 소파에 달라붙어 텔레비전을 보는 것으로 하루를 시작하고 끝냈다. 내가 세상에서 제일 경멸하던 아버지를 보는 것 같아서 남편을 죽이고 싶었다.

나는 아버지가 365일 리모컨을 쥐고 누워 있는 거실 소파를 보지 않는 게 소원이었다. 이층 내 방에서 내려오면서, 현관에서 집으로 들어설 때, 밥을 먹고 주방에서 나올 때도 늘 아버지가 누워 있는 소파를 봐야 했다. 나는 한 번도 친구를 집에 데려오지 못했다.

강남 서초동의 그 넓은 땅을 물려받은 덕분에 아버지는 평생 일을 안 하고 집안 소파에서 세상을 모르고 살았고, 엄마는 미친 듯이 돈을 쓰고, 우리 형제들은 방탕하게 놀아댔다. 세상이 두려운 아버지는 세상에 나갔다가 가산을 탕진하고 패가망신한 졸부 친구들 덕분에 그저 가만히 있는 게 제일 낫다는 결론을 내렸고, 무조건 돈을 쓰지 않았다. 자식 교육에만 투자하겠다고 했고, 우리 형제들을 모두 외국 유학을 핑계로 이태리로 뉴욕으로 파리로 떠돌며 흥청망청 놀았다. 그 동안 엄마는 명품 백을 사 모으는 취미를 이어갔고, 그 돈을 마련하느라 계주가 됐고, 그 돈을 메우느라 사채까지 끌어다 썼다.

내가 유학을 한 건 아버지에게서 벗어나기 위해서였다. 어려서부터 본 아버지는 평생을 거실 소파에 누워서 통장에 있는 돈이 빠져나가는 소리와 함께 늙어갔다. 아버지는 다정한 말도 웃음도 없는 사람이었다. 차라리 아버지가 노가다라도 하는 사람이었다면 나는 아버지를 미워하지는 않았을 거였다. 아버지 같은 남자를 만나지 않는 게 내 목표였고, 따뜻한 사람을 만나 행복하게 살고 싶었다.

그런 아버지와 사는 엄마는 늘 밖으로만 돌고 돈을 쓰는 낙으로 살았다. 너네는 다 해주는데 뭐가 불만이냐. 부모 잘 만난 줄 알아라. 엄마의 그 말에도 신물이 났다. 우리 형제들은 즐거운 게 없었다. 200평의 단독 주택에서 넓은 방을 차지하고 사는 우리들은 가난이나 결핍을 모르듯이 사랑도 몰랐다. 돈과 젊음이 있을 때는 그래도 덜 외로웠다.

지금은 월세 50만 원의 빌라 지하셋방에 살고 있는 최하위층이 됐지만 이렇게 사는 사람들이 있는 줄 그때는 정말 몰랐다. 다행히도 다음 달이면 정부에서 보증하는 싼 전셋집으로 옮길 수 있다. 보증금도 2,000만 원이라고 했다. 지난 삼 년 동안 월급의 반 이상을 저축해서 모은 돈이 있었다. 우리 엄마가 들던 가방 하나가 내 전 재산이 될지 모르는 게 인생이었다.

돈 많은 처갓집을 믿고 결혼한 남편은 금방 본색을 드러냈고 난 또 사랑에 실패했음을 인정했다. 절대 이혼을 해주지 않는 남편과 싸우는 것도 지쳤을 때쯤 몸에 이상이 왔다. 스트레스 때문인지 아이도 유산이 되고 나서 생리가 끊겼다. 병원에서는 호르몬이상이라고 했다. 갱년기에 나타나는 이상이 삼십대에 나타나는 현상이지만 그런 사람도 간혹 있다고 했다.

다시 술을 마시고 담배를 피우기 시작했다. 남편은 그 와중에도 섹스를 요구했다. 하지만 난 섹스를 할 수 없는 여자가 됐다. 섹스를 거부하면 그것도 이혼 사유가 될 수 있다고 했다. 그러니까 제발 이혼하자고 해도, 절대 그럴 수 없다는 남편을 어떻게 하면 죽일 수 있을까 생각하곤 했다.

아버지의 싫은 모습이 남편한테 보이는 게 점점 참을 수 없었다. 내가 술을 먹고 패악을 부리면 남편은 집을 나갔다. 짧게는 3일 길게는 몇 달, 보이지 않다가 다시 찾아들었다. 그럴 땐 내가 좋아하는 초밥과 치즈케이크를 사와서 다정하게 안아주고 속삭였다. 나는 스킨십에 약한 여자였다. 내 머리를 쓰다듬어주고 안아주고 가슴을 애무해주면 사랑받는 느낌이 들었다. 사랑받는 그 느낌 때문에 나는 결혼 전에도 여러 남자들을 만났다. 섹스를 하면서 오르가즘을 느끼는 게 아니라 단지 사랑받는 느낌이 좋아서 남자를 마다하지 않았다.

어릴 때부터 충족되지 못한 애정 결핍 때문에 나는 그런 느낌에 목말라 했다. 남편은 내 치명적 약점을 너무 잘 알았다. 단지 그 단계를 넘어서는 데 문제가 있었다. 스킨십 다음 단계로 섹스를 하는 건 싫었다. 섹스가 안 되는 걸 빤히 알면서 요구하는 남편을 참아주기도 싫었다.

"소송할 거야."

남편과 끝내면 새 인생을 살 수 있을 거 같았다.

"해보쇼? 누가 이기나?"

남편은 비웃었다.

"아무 것도 없는데 왜 오냐고? 정말 진절머리난다고."

"부부의 인연이 그렇게 쉽냐?"

옷을 벗은 채 캔 맥주를 마시는 남편을 그대로 들이받고 싶었다.

"진짜 아무 것도 남지 않았어. 그 노인네 어떻게 사는지 가서 보라고?"

"나도 알아. 난 당신하고 살려고."

남편은 징글징글하게 달라붙었다.

쓱쓱 남자의 팔뚝에 푸른 잉크가 스며든다. 따끔거리는지 조금 팔뚝이 움찔댄다. 이제 겨우 한 글자를 새겼을 뿐이다. 이대로라면 시간이 너무 오래 걸린다. 남자가 깨어날 수 있는 시간과 거의 비슷할 수 있다. 연습을 많이 했더라면 겨우 네 글자를 새기는 것쯤은 더 빨리 끝낼 수 있다. 이건 초보 중의 초보고 가장 쉽고 기본적인 단계였다. 하지만 연습실에서는 참관만 허용되지 실습은 할 수 없었다. 직접 시술을 하기 위해서는 더 많이 연습해야 하지만 그건 그만큼 돈을 지불해야 되는 일이다. 가난한 내가 더 이상은 돈을 내기 벅찼다. 그리고 분위기상 젊은 애들은 내가 시술하기를 원하지 않았다.

나는 나름 전략을 세웠다. 아직 이게 합법이 아닌 게 나에겐 차라리 나았다. 내 나이 또래 여자들을 공략할 생각이다. 중년의 여자들 중에서 의외로 타투를 하고 싶은 사람이 많았다. 그들이 원하는 부위와 그림도 은근 비슷했다. 성적 매력이 반감되는 그녀들은 타투를 이용해서 섹시한 분위기를 만들고자 했다. 충분히 가능했다. 그런 생각을 확고

하게 해준 여자가 있었다.

사부의 숍에서 시술을 한 중년 여자가 어느 날 다시 와서 감사 인사를 했다. 애인이 다시 예전처럼 흥분했고, 서로 만족하는 섹스가 됐다고 했다.

"나, 너무 오랜 만에 제대로 느꼈다."

여자는 부끄럼 없이 말했다.

"웬일인지 그날은 잘 들어갔냐고, 간만에 너무 좋았다고 문자까지 왔더라고."

거리낌 없이 오르가즘을 얘기하는 여자의 얼굴에 붉은 기가 돌고 웃음엔 교태가 흘렀지만 아직 여자로 보였다. 그 여자 얘기를 들으면서 흥분한 건 나였다. 모텔과 남자와 거기를 애무하는 상상을 하는 것만으로도 몸이 찌릿했다. 이런 느낌도 오랜 만이라서 낯설었다.

남자가 살짝 몸을 비튼다. 놀라서 바늘을 쥔 손을 얼른 뺐다. 약효가 적어도 세 시간은 갈 것이다. 내과에서 처방받은 수면제니까 안전하고 확실하다. 다만 술을 먹은 게 문제였지만 내가 많이 해봐서 위험하지 않다는 것도 안다. 남자의 미간에 인상을 쓰느라 패인 주름이 나이를 짐작하게 한다. 남자의 볼이 홀쭉하다. 나와 같은 나이의 남자를 보면서 내 늙음을 보는 게 씁쓸하다.

이제 두 번째 글자의 진도가 좀 나갔다. 손이 풀어져서 좀 가볍게 느껴진다. O는 내가 좋아하는 기호이자 모양이다. 20대 때는 어떤 물건

이든지 모서리가 확실한 사각형만을 골랐다. 식탁도 찻상도 핸드백도 그랬다. 지금은 혼자 앉는 식탁도 원탁이고 숄더백도 둥글 걸 고른다.

처음, 타투숍을 찾아온 중년의 그 여자는 쭈뼛거렸다. 젊은 여자 손님만 받아봐서 우리도 당황했다. 여자가 나와 눈이 마주치자, 눈을 찡긋거렸다. 젊고 예뻐 보이려고 차려 입은 옷차림으로 봐서 돈도 있고 나름 교양도 있어 보였다.

"어떻게 오셨어요?"

사부가 묻자, 여자는 결심한 듯 입을 열었다.

"거기에 타투 하러 왔어요."

여자는 더 이상 물러날 곳이 없어 발악하는 사람처럼 목소리를 높였다.

"네? 그게 무슨 말이세요?"

하지만 난 여자가 말하는 거기가 어딘지 알아들었다. 부끄러움을 물리치고 여자가 거기를 말할 때의 비장함을 보고 알아챘다. 그래서 사부의 귀에 대고 속삭였다.

"아, 네……."

사부가 너무 솔직하게 어이없다는 표정을 지었다.

"일단 여기로 앉으세요."

나는 손님을 대접하지 않는 사부 대신에 여자를 소파로 안내하고 무슨 차를 마시겠냐고 물었다. 커피를 원한다는 여자에게 내려놓은 커피를 주고, 시술실에서 자기들끼리 수군대고 있는 사부와 견습생들이 오기 전 여자와 얘기를 했다.

"왜 거기에 하려는 건지……."

나는 사부가 없는 틈을 타서 물었다. 고객이 먼저 얘기하기 전, 사적인 이유를 물으면 안 됐다.

"어차피 나도 이제 나이가 있으니까. 섹스를 할 수 있을 때까지는 계속 하고 싶어서요."

섹스란 말을 너무 오랜 만에 들어서 아득했다.

"자극을 주고 싶어서요."

여자는 나름 인터넷을 검색해서 타투에 대해서 어느 정도는 알고 있는 것 같았다. 타투의 부위와 들어가는 그림도 보고 왔고, 집에서 좀 멀리 떨어진 이곳까지 찾아왔다고 했다.

"굉장히 아파요. 하다가 그만하시겠다고 할 수도 있어요."

사부는 여전히 탐탁지 않은 목소리로 말했다.

"술 마셔도 된다면서요."

여자는 숄더백에서 기다란 종이팩에 든 술을 꺼냈다.

"나, 준비 많이 했어요. 이거 와인에요."

나도 와인은 좋아하고 많이 마셔봤지만 팩에 든 와인은 처음 봤다.

"뭐, 그래도 상관없지만. 조건이 있어요. 중간에 그만두시더라도 돈은 다 내셔야 합니다."

사부가 얄미웠다. 젊은 여자애들에게는 그렇게 친절하고 돈 얘기는 직접 하지도 않더니만 중년 여자라고 함부로 했다.

"걱정 말아요. 난 현금으로 할 거에요. 미리 낼까요?"

"아녜요. 다 끝난 다음에 내시면 돼요."

사부가 미워서 일부러 돈을 미리 받지 않았다. 사부로서는 손해볼 것도 나쁠 것도 없었다. 여자는 알몸에 가운을 입고 다리를 벌린 채 누워서 와인에 취해갔고 덕분에 나도 오랜 만에 와인을 마셨다. 종이팩에 든 와인은 병에 든 와인보다도 양이 많았다. 나는 아예 의자를 가져다가 여자 옆에 앉아서, 여자는 나를 내려다보면서 와인을 마시며 얘기했다. 이런 관계, 서로를 잘 알지 못하고, 다시 만날 일이 없고, 비밀을 털어놔도 안심할 수 있고, 무엇보다도 창피하지 않게 얘기할 수 있어서 여자는 혼자만의 얘기를 쏟아냈다.

정말 여자는 잘 참았다. 살짝 보이는 여자의 몸은 아직 윤기를 잃지 않았고 가슴도 많이 처지지 않았다. 아, 하고 아파서 신음소리를 낼 때조차 나에게는 그게 섹스 할 때 내는 소리로 들렸다. 와인에 취한 건 여자가 아니라 나였다.

여자의 그곳에서부터 뱀이 올라온다. 날름거리는 혀는 여자를 마녀처럼 보이게 했다. 마치 그곳에서 뱀이 올라와서 너를 잡아먹고 말겠다는 것처럼 보였다. 술기운 때문인지 아직 다 끝나지 않은 여자의 그곳에 자꾸 손이 가려고 했다. 내게 확 튀어나올 것 같은 혀를 잡아채고 싶고, 그곳에 손가락을 넣어보고 싶었다.

붉은 조명이 은은한 러브 모텔 침대 위에서라면 남자는 애무를 받기 전에 흥분할 것이다. 아마 거기에 고개를 처박고, 그 혀를 자기 입안에 쑤셔대고 자꾸 그 안으로 들어가려고 점점 파고들 것이다. 그러면 여자는 축축하게 젖은 그곳에 박혀 있는 남자의 머리채를 잡고 소리를 지를 것이다. 그곳에 돋기 시작한 흰 털쯤이야 아무렇지 않을 거였다. 시술을 끝내고 살균을 끝낸 여자는 지치고, 술기운 때문에 휘청거렸다. 대리기사를 불러주었다.

생각보다 더딘 연구과정으로 계속 타투숍에 돈을 내며 더 다닐지 고민하고 있을 때, 그 여자가 다시 왔다. 그곳에 뱀을 그려 넣은 지 한 달이 좀 지나서였다.

"다음엔 가슴에."

여자는 아예 다음에는 가슴 젖꼭지 위에다가 하겠다고 했다.

"이 약발이 언제까지 가지는 않겠지."

여자는 소파에 앉아서 눈짓으로 아래를 가리켰다. 사부와 견습생들이 웃었다.

"이쁜 거로 골라 놔요. 날 잡아서 올 테니까."

그러니까 여자는 예약을 하러 온 거였다. 사부는 이번엔 몹시 친절하게 포토샵을 들고 왔다. 내가 아직 보지 못했던 사진도 많았다. 타투에서는 문양도 중요했지만 그걸 실제로 새겨놓은 실물 사진이 더 중요했다. 몸매까지 좋은 어린 여자들의 몸에 새겨 놓은 그림들은 매혹적이었다.

"정말 이쁘다. 젊으면 뭘 해도 이뻐."

여자는 타투 사진에 나오는 여자들의 젊음을 부러워했다.

"내가 어쩌면 손님을 데려올지도 몰라."

여자가 사부에게 말했다.

"잘해드릴게요. 우리 숍만큼 안전한 곳도 없어요. 아시잖아요. 고온 살균기까지 갖춘 곳 드물어요. 야매로 하는 것하고는 차원이 다르죠."

사부는 이제는 여자를 최우수 고객으로 대접했다.

"그러면 커미션 있는 거예요?"

여자의 입에서 그런 말이 나올 줄 몰랐다. 자세히 여자를 살폈다. 명품처럼 보였던 가방은 동대문시장에서 산 짝퉁인 거 같았다. 예전 서초동 그 집 안방과 내 방에서 굴러다니던 수많은 명품 백을 들어봐서 내가 눈썰미는 있다. 무릎까지 올라오는 부츠는 국내산 저렴한 가죽이다. 세팅돼 있는 머리는 집에서 염색한 머리였다. 아마 2,3주에 한 번씩 직접 하기에 겹치는 부분의 색이 진했다. 현금으로 결제하는 거도 어쩌면 신용카드가 없기 때문일지도 몰랐다. 갑자기 여자의 궁상스러운 살림살이가 보였다. 그런데도 무리를 해서라도 계속 타투를 하겠다는 거였다.

남자의 팔뚝에 땀이 떨어진다. 얼른 손으로 닦아낸다. 이제는 여유가 생긴다. 시간도 충분히 남았고 내 마음대로 힘이 조절된다. 이 남자 말고 새 실습 대상을 구하기는 거의 불가능하다. 그만큼 남자가 어수룩했다. 이 남자의 온 몸에다 일본 야쿠자처럼 잉어와 연꽃과 용을 빼곡하게 그려 넣어본다면 더 이상의 실습이 필요 없을지 모른다. 온갖 색의 잉크가 다 들어가고 온 몸에 틈이 없을 정도로 그림을 그려 넣어야 한다. 많은 시간과 노동과 실력이 필요할 뿐 아니라 고통을 받아들인 본인의 자세도 필요한 것이다.

남자의 몸에 고작 글자 네 개를 새겨 넣는다고 실력이 느는 건 아니다. 이제 시작이다. V까지 세 글자를 쓰니까 손이 완전히 풀렸다. 남자가 눈썹을 찡긋거린다. 나는 반듯하게 누워서 잠을 못 자는데 이 남자는 계속 똑바로 누워 있다. 약 기운 때문일까. 나야 좋지만 너무 가만히 있는 남자가 답답해 보인다.

목이 탄다. 바늘을 잉크 컵에 내려 두고 가만히 침대 아래로 내려온다. 일회용 장갑도 벗는다. 냉장고를 열어서 생수를 꺼낸다. 차가운 물이 넘어가니 살 거 같다. 쟁반에 커피믹스가 있다. 커피를 마시고 마무리를 하면 될 거 같다. 무선 전기주전자에 생수를 붓고 전원을 켠다. 금방 끓는 소리가 난다. 남자와 둘이 있는 방에서 물 끓는 소리가 꽉 찬다.

소리가 커서 남자를 쳐다본다. 아직은 눈을 감고 있다.

커피를 타서 한 모금 넘긴다. 커피잔을 들고 남자를 살핀다. 여전히 천장을 보고 누워 있다. 아무리 약기운이라지만 저렇게 맥아리가 없는 남자라니, 실망스럽다. 물론 실습 대상의 남자지만 왠지 아쉬운 마음이 든다.

나는 커피잔을 든 채 남자를 내려다보다가 이불을 들춘다. 남자의 그것이 축 늘어져 있다. 침대로 바싹 다가간다. 커피잔을 든 채 한 손가락으로 남자의 그것을 살짝 건드린다. 탄력도 없는 그것이 아무 반응이 없다. 나머지 커피를 마저 마신다. 빈 커피잔을 쟁반에 두고 다시 침대로 온다.

다시 손가락으로 남자의 그것을 건드린다. 건드리고 치고, 그러다가 살짝 잡아본다. 따뜻하고 물컹하다. 손 안에 쥐고 꽉꽉 쥐어본다. 조금씩 반응이 온다. 단단해지며 힘줄이 느껴진다. 그것이 딱딱해질수록 손에 힘이 들어간다. 그러다가 멈칫했다.

뭐하는 짓이야?

난 지금, 실습 중이라고. 정신차려.

그것에서 손을 놓는다. 손을 놓고 남자의 얼굴을 본다. 남자의 얼굴이 좀 달라 보인다. 입술 끝이 올라가 보인다. 내 착각인가. 다시 고개를 돌려 남자의 그것을 내려다본다. 약간 움칠대던 그것이 원래처럼 시들어버렸다. 뭐야. 나도 모르게 한숨이 나온다. 손으로 툭툭 함부로 친다. 칠 때마다 기특하게도 조금씩 살아난다.

"뭐해요?"

남자의 목소리가 머리 위에서 울린다.

"네?"

설마, 하는 마음으로 남자의 얼굴로 고개를 올린다. 남자가 눈을 뜨고 나를 쳐다보고 있다.

"날 죽이려는 건 아니죠?"

남자의 목소리가 부드럽다.

"뭐 죽여도 상관은 없어요. 차라리 잘 된 일이지. 고맙지 뭐."

남자는 아무렇지 않게 말한다.

"저……."

이 순간, 바늘을 들고 있지 않아 다행이다.

"근데 좀 아프네요."

남자가 LOV, 세 글자만 새겨진 팔뚝을 자기 눈앞으로 끌어가 본다.

"유치하게 러브라니요?"

남자가 흠, 하고 가는 한숨을 날린다.

"사랑이라…… 그런 게 있기나 하나. 그런 걸 따질 나이도 아닌데. 그쪽이나 나나. 안 그래요?"

제일 쉽고 일반적이며, 그래도 기분이라도 좋으라고 선택한 글자였다.

"저기. 미안……해요."

차마 말이 나오지 않는다. 그나저나 수면제를 먹고 이렇게 일찍 깨어나다니, 뭐가 문제인지 모르겠다. 수면제는 내가 먹었던 것으로 약효는 내가 보증한다. 이 남자의 체질이 이상한가. 수면제가 안 들을 만큼 체력이 좋은 것 같지 않고, 과다복용으로 내성이 생긴 것일까.

남자가 이불을 슬쩍 끌어다 가슴까지 끌어올린다.

"나도 커피 좀 줘봐요. 냄새 나서 너무 마시고 싶었어요."

도대체 언제쯤부터 깨어 있었던 것일까.

조용히 돌아서서 다시 무선주전자의 전원을 꽂는다. 커피믹스를 뜯어서 잔에 쏟고 물이 끓기를 기다린다. 남자가 옷을 입는 기척이 난다. 새기진 못한 나머지 한 글자는 옷을 입고도 얼마든지 할 수 있다. 하지만 이대로 끝내게 된다면 좀 웃기지 않을까.

"뭐가 재미있어요?"

남자가 혼자 헛웃음 지으며 어깨를 들썩인 것까지 보고 있었나 보다.

"죄송해요."

남자에게 커피잔을 내밀며 고개를 까닥인다.

"제대로 배우긴 한 거예요? 후유증이 있는 건 아니죠? 내가 제일 싫은 게 주사 맞는 거였는데. 바늘로 그렇게 계속 쪼아대니. 내가 얼마나 참았는지 알아요? 팔을 확 빼버리고 싶은 걸 꾹 참느라고."

남자는 나를 쳐다보지 않고 커피잔에 말을 쏟아낸다.

"왜 자는 척했어요?"

"왜 말 안 했어요?"

남자가 서운한 듯이 나를 쳐다본다.

기계치인 나는 핸드폰을 두 개째 쓰면서도 설정도 못하고 메신저도 설치하지 못했다. 할 수 없이 남자의 매장으로 가서 부탁했다. 업무가 끝나는 9시가 돼서 혹시 매장이 닫았을까봐 부리나케 뛰어갔다. 아직 매장의 불이 꺼지지 않았고 남자는 책상 앞에 앉아서 파일에 코를 박고 있었다.

"저기요."

나는 남자에게 바보스럽게 내가 꼭 필요한 앱을 설치해달라고 부탁했다. 남자는 나를 소파에 앉혀 놓고는 내 핸드폰을 만졌다. 생각보다 시간이 걸렸다. 배도 고팠다. 저녁 시간에는 허기를 채울 시간도 없이 바빴다. 일이 끝나는 늦은 시간에 허겁지겁 밥을 먹곤 했다.

"감사합니다."

핸드폰을 받아들자 마음이 놓였고 그러자 더 허기가 몰려들었다. 그리고 조용한 매장에 내 배에서 요동치는 소리가 울려 퍼졌다. 내 치명적인 또 하나의 약점. 배가 고프면 때와 장소를 가리지 않고 배에서 민

망한 소리가 났다. 나도 모르게 손으로 배를 가렸다.

"저랑 밥 먹을래요?"

남자가 말했을 때, 거절하지 못했다.

그 여자가 찾아오지 않았다면 나도 다시는 남자를 찾아가지 않았을지도 모른다. 회사에서는 점점 실적에서 차이가 났다. 이 나이로 버틸 수 있는 한계가 느껴졌다. 나이가 적다는 게 얼마나 큰 특권이 되는 건지 위축됐다.

난 절박했다. 월급으로 방세와 타투숍 원비를 내고 나면 혼자 살기도 벅찼다. 다음 달이면 월세는 절약이 되겠지만 내가 사고로 죽지 않는다면 노년을 위한 조금의 저축이라도 해야 했다. 돈이 문제가 아니라 준비를 하고 있다는 위안이 필요했다. 될 수 있으면 실습을 많이 해서 실전에 뛰어들어야 했다. 돈을 벌어야 했다. 더 늦기 전에 그 여자와 그 여자가 소개시켜주는 고객들을 잡아야 했다. 그래서 계속 고객만 확보된다면 먹고사는 데 지장이 없을 뿐 아니라 내 인생도 풍요로워질 것이다.

그 여자를 보면서 나이 들어가는 여자들이 그토록 원하는 게 뭔지 알았다. 섹스가 전부이지는 않지만 섹스를 포기하지도 않았다. 섹스와 사랑을 구분하지 않아도 된다는 것에 자유로워질 수 있는 나이이기도 했다.

새로운 자극이 필요할 때마다 자기의 몸에 타투를 하겠다는 여자였다. 그러다가 죽기 전까지 온 몸에 그림을 그려 놓게 될지도 모른다고 하면서 그 여자는 활짝 웃었다. 그래도 그런 여자가 부러웠다. 여자가 여자답게 사는 게 아름다웠다. 나도 내 몸에 온통 뱀을 그려 넣어 섹스를 할 수 있게 된다면 하루 종일의 고통쯤은 얼마든지 참을 수 있을 거 같았다. 고통뿐만 아니라 내 몸에 가득 찬 뱀도 쓰다듬으면서 사랑할 수 있을 거 같았다.

나는 여자와 사부 몰래, 핸드폰으로 그 여자의 거기를 찍었다. 나중에 나의 야매 손님들에게 보여줄 아주 훌륭한 샘플이었다.

사부 밑에서 직접 시술을 하기까지는 몇 년이 걸릴지 몰랐다. 은근히 내가 배우다 나가떨어지기를 기다리는 눈치였다. 나도 그만한 눈치는 있었다. 나에게 만만한 사람이 필요했다. 직접 시술을 하면서 연습할 사람을 구해야 했다. 혈연관계의 사람들하고는 재산 분배를 하고 말아먹는 것을 겪으면서 절연됐다. 친구도 없다.

남자와 두툼한 생고기를 넣은 김치찌개를 한 번 먹었을 뿐인데도 남자가 떠올랐다. 다음 달이면 이 동네를 떠나니까 남자와 마주칠 일도 없었다.

지난 번에는 내가 낸다고 해도 한사코 남자가 계산을 해서 부담스러웠다. 나도 한 번은 사고 갚아야 하니까 억지스럽지도 않을 거 같았다. 남자는 내가 한 번 사겠다는 말이 빈 말인지 알았다가 정말로 오니까 놀랐다.

저녁을 먹으면서 나는 일부러 술을 시켰다. 한때는 빈 병을 숨겨둘 정도로 마셔대던 소주가 냄새도 맡기 싫었지만 남자에게 잔을 받고, 나도 한 잔 따라주었다. 잔을 부딪쳤지만 한 모금 넘기고는 물을 마셨다. 남자는 매일 혼자 집에서 마시던 술을 누군가와 같이 마셔서 좋다고 했다. 쉽게 자신의 외로움을 드러냈고, 그래서 만만했다. 더구나 내일은 쉬는 토요일이었고 나는 하룻밤 정도는 충분히 망가져도 됐고 어떤 일을 도모해도 될 만큼 여유가 있는 금요일이었다. 집 근처에 나오면서 나는 숍에 들고 다니는 가방을 챙기고 수면제는 패딩 안주머니에 넣어 두었다.

"나, 수면제 안 먹었어요."

남자의 목소리에 짜증이 좀 묻어난다.

"그냥 해달라고 해도 난 해줬을 거예요."

"그게 무슨 말에요?"

"얼마든지 실험용이 돼줄 수 있다고요."

남자의 말투는 이번엔 원망하는 마음이 들어 있다.

"나를 여기까지 데려올 땐 목적이 있었겠죠. 내가 뭐 돈 많은 남자도 아니고 젊은 남자도 아니고, 그렇다고……."

남자는 말을 하다가 혼자 피식 웃는다.

"나와 잘 마음이었다면 화장도 하고, 치마도 하고, 향수도 뿌리고, 구두도 신고 그랬겠죠. 그런데 뭐 운동화에 패딩에 백팩에 등산복 바지에."

나는 아직도 서서 여차하면 튈 듯이 긴장하고 있다.

"나처럼 오랫동안 혼자였던 사람이, 미안해요. 그냥 딱 알겠더라구요. 내가 그런 처지라. 모텔로 가자는데, 충분히 이해하지요. 그런데 여기 와서는 다짜고짜 화장실에 다녀오라고 하고, 생수를 컵에 따라주고 마시라고 하고. 내 마누라였으면 독약을 탄 줄 알았을 거예요."

"그런데 왜 가만히 있었어요?"

"수면제는 다시 화장실로 가서 뱉어버렸고 도대체 날 어떻게 하는지 궁금했어요. 나 아직 당신 하나 정도는 물리칠 수 있으니까."

남자는 말을 하면서 계속 나를 바라본다. 나는 남자가 덮고 있는 흰 이불만 쳐다보고 있다.

"당신이 손길이 스칠 때마다 내 몸이 살아나는 느낌이었어요. 내 몸은 언제든지 빌려줄 수 있어요."

남자가 자기 팔을 내민다.

아버지의 노래

아버지의 노래

아버지는 늘 술에 취해 있었다. 학교를 마치고 집으로 돌아올 때면 대문 밖 마당부터 아버지의 흥에 겨운 노랫소리가 들려왔다. 정말이지, 하루도 빠지지 않고 술을 마시고 흥얼거렸다. 그때는 특별히 그게 싫지도 않았다. 너무 익숙해져서 당연하다 생각될 정도였다. 술에 취해서 욕설을 퍼붓고 폭력을 행사했다면 끔찍이 싫어했겠지만 내 아버지는 그러지는 않았다.

살아남기 위해서 기를 쓰고 살고 있는 나는 술은 입에도 대지 않는다. 술 냄새를 풍기고 딩딩 부운 얼굴로 청진기를 목에 두른 의사를 만나는 건 상상도 할 수 없다. 내가 이런 모습으로 숨 가쁘게 살아간다는 건 전혀 예상치 못했던 일이다. 그래도 이 일을 하면서 그녀를 만난 건 내게 내려준 축복이 아닐까 싶다.

특별히 학벌도 좋지 않고 배경도 없는 내가 할 수 있는 건 샐러리맨이 되는 길이었다. 영업에도 여러 종류가 있지만 불특정 다수의 사람들을 만나야 한다는 조건 속에서 혹시라도 아는 사람을 만날 수도 있다는 소심함 때문에 나는 제약회사의 영업을 택했다. 그래도 배울 만큼 배우고 어느 정도 인격 형성이 이루어진 의사들을 상대하는 게 낫겠다는 내 생각은 전혀 옳지 않았다. 내가 내린 결론은 사람은 다 거기서 거기고, 사람마음은 비슷하다는 것이다. 그렇다고 해서 그게 위안이 되진 않았다.

병원에서 마주치는, 최신 유행 스타일의 양복을 빼입고 명품제품의 커다란 서류가방을 메고 다니는 젊은 남자들 중의 하나가 나다. 머리는 짧게 깎아서 헤어로션으로 다듬고, 화장품 냄새를 살짝 풍기고, 불안한 눈동자를 이리저리 굴리기도 한다. 의사의 진료시간을 참을성 있게 기다렸다가 가볍게 인사를 하고, 재빨리 몇 마디 말로 내 목적을 얘기하고, 비굴한 웃음을 보이는 짓을 하면서 보낸 수많은 날들이 있다.

그녀는 내 영업대상인 내과 소속 담당 간호사 중 제일 연차가 낮은 막내였다. 병원 안에서 여의사나 간호사와의 연애 금지가 있는 건 아니지만 그런 일은 거의 일어나지 않았다. 사람들은 대개 자기와 같은 부류의 성향을 가진 사람을 좋아하게 마련이었다. 연애나 사랑에서도 마찬가지였다.

나는 어떤 식으로든 주목받는 게 싫어서 우리 집에도 회사 동료에게도 그녀의 존재를 알리지 않았다. 삼 년 동안이나 그런 내 태도에서 진심을 의심할 수도 있었는데 그녀는 나를 견뎌주었다. 그런 그녀와 한평생을 살아도 좋다는 마음이 생겼다. 그리고 먼저 결혼 얘기를 꺼냈다. 그녀의 집에서 나를 보고 싶어 한다고 했다.

아직은 결혼할 마음이 없었지만 그녀 쪽에서 먼저 꺼낸 얘기를 거절하고 싶지 않았다. 그녀야말로 첫 번째 사랑이자 마지막 사랑이라고 여겼다. 여자에 대한 환상 같은 건 없었다. 여자란 요물이야. 아버지가 내게 준 단 하나의 가르침이 있다면 여자에 대한 불신이었다. 그 집에서의 마지막 날 밤, 술에 취한 아버지가 내게 대단한 가르침이라도 주는 것처럼 여자란 요물이니까, 절대 넘어가서는 안 된다고 거듭 강조했다. 동정을 지키고 있는 어린 아들에게 썩 어울리지 않는 교훈이었지만 다른 어떤 말보다 깊이 다가왔다. 그리고 그 요물로 인해 우리 집이, 아버지가 패가망신했다는 걸 알았다. 구체적인 내용은 몰랐지만 너무 실망스러워서 아버지 얼굴을 쳐다보고 싶지도 않았다. 그래서였는지 나는 여자에게 쉽게 다가서지 못했다. 언제 요물로 변할지 모른다는 두려움이 있었는지도 몰랐다.

우리 가족에게 그녀를 인사시키는 건 별 문제없다. 그녀와의 관계를 허락받는 게 아니라 통보를 할 작정이었다. 어차피 내가 결혼하고자 마음먹은 여자를 반대할 권리를 우리 집에서, 아버지가 갖고 있지 않다고 나는 생각했다. 다만 무덤가 옆, 비닐하우스 집을 그녀에게 보이고 싶지 않았다. 지금이 어느 시대인데, 무덤가 옆 비닐하우스란 말인가.

서울의 고층아파트 건너편에 집단으로 형성된 비닐하우스, 한겨울에 산불이 나면 곧잘 텔레비전 뉴스로 나오고, 하루의 최저생계비로 고달픈 삶을 살아가는 사람들이 사는 곳이라면 덜 부끄러운 생각이 들까.

행정구역상으로는 경기도에 속했지만 서울과는 경계를 이루고 있어서, 우리 동네는 좀 특이한 생활방식으로 살아갔다. 본업이 농사이지만 버스를 타면 서울, 그것도 서울의 중간도시로 쉽게 갈 수 있기 때문에 여자들은 밭에서 기른 푸성귀를 잘 묶고 다듬어서 서울의 시장에서 팔았다. 그것은 부지런하기만 하면 현금을 꽤 만지게 했다. 새벽이면 동네 여자들은 광주리와 짐 보따리를 들고 동네를 빠져나갔다. 우리 집에선 엄마 대신 할머니가 그 일을 했다.

아버지를 비롯한 남자들은 농사를 짓기도 했지만 직장생활을 병행하는 사람도 많았다. 하루 일하고 쉬는 소방관, 아파트 경비, 이삿짐센터 직원과 같은 일을 하며 쉬는 날엔 부지런히 들판에 나갔다. 도시생활과 농촌생활이 적당히 어우러져 있었고, 도회적인 것을 동경하는 분위기가 강했다.

동네는 곧 재개발 붐과 함께 땅값이 그야말로 금값이 됐다. 필요할 때마다 땅을 팔아먹고, 나중엔 아예 모든 걸 팔고 목돈을 쥐고 서울로 나가는 사람들도 있었다.

아버지가 그렇게 하지 않은 이유는 딱 한 가지였다. 조상의 무덤이 있는 선산을 두고 떠날 수 없다는 것이었다. 코웃음을 칠 일이었지만 그게 아버지의 생각이었다. 양지 바른 너른 터에는 할아버지와 할머니를 비롯한 몇 개의 무덤들이 있었다. 자랑할 만한 일은 아니지만 할아버지가 머슴까지 해서 일궈놓은 땅이었다. 얕은 동산은 햇볕이 잘 들어서 추석 때 성묘를 하러 가면 어른들은 돗자리를 깔고 술을 마시고 어린애들은 뛰어놀기에 안성맞춤이었다. 물론 아버지는 술에 취해서도 낫으로 잡초를 베어가며 무덤가를 정성껏 가꾸었다.

어린 나이였지만 나도 나중에 죽어서 여기에 묻힌다면 괜찮을 것이라는 생각이 들 정도로 평화롭고 따뜻해 보였다. 한낮에 잘 가꾸어진 넓은 잔디밭에 누우면 파란 하늘의 흰 구름이 조금씩 움직이는 게 보였고, 눈이 부셔서 눈을 감으면 곧장 스르르 잠이 왔다. 그런데 거기에 비닐하우스 집을 짓고 살게 될 줄은 꿈에도 몰랐다.

새 집 짓고 삼 년 나기 어렵다는 옛 말이 있는 것처럼 우리 집이 그랬다. 할아버지의 무덤가에서 고층아파트가 보일 무렵 아버지는 새 집을 짓겠다고 했다. 그 주변이 대단위 아파트 단지로 변해가고 있었다. 땅값은 계속 엄청나게 올라갔다. 새 집을 짓기 위해서 아버지는 밭을 팔았다. 그래도 아직 목돈으로 바꿀 수 있는 땅은 많이 남아 있었다.

넓은 마당, 소외양간, 우물까지 있는 우리 기와집은 어렸을 때의 기억이라 그런지 아주 크게 생각된다. 나는 집이 그렇게 쉽게 지어지는지

처음 알았다. 학교 갔다가 돌아오면 새 집은 쑥쑥 커져 갔다.

지금도 그 집을 잊을 수가 없다. 나는 새로 지은 집이 너무 좋았다. 그 집을 떠나서도 한동안 나는 꿈에서 그 집에서 살았고, 잠에서 깨어나면 화가 나서 참을 수 없었다. 그 집과 함께 내 꿈도 사라진 게 아닐까, 해서 불안했다.

난생 처음 침대와 컴퓨터 책상이 갖춰진 내 방에서 잘하지 않던 공부를 한다고 책을 펴놓고 책상 위에서 엎드려 자던 그때, 난 고3이었다. 그때부터 내 꿈도 아버지의 꿈도 변하기 시작했다. 그 전까지 아버지는 꼭 좋은 대학을 가라는 것도 아니고, 그저 내 실력에 맞게 대학에 다니다 아버지가 늙으면 아버지가 하던 일을 하라는 식이었다. 나도 그럴 생각이었다. 가끔 술에 취해 노래를 부르는 남자의 인생이 그다지 나빠 보이지 않았다. 인생에 커다란 목표나 꿈도 없었고, 아버지처럼 사는 것도 나쁘지 않다고 생각했다.

낡고 허술한 것을 갖다버리고 깨끗하고 단단한 것으로 꾸민 그 집에서 어느 날부터인가 아버지가 내게 바라던 꿈이 달라졌다. 좋은 대학에 가라, 좋은 직장에 취직해라, 아버지처럼 무지렁이로 살지 말라고 했다.

그리고 그 꿈은 아버지가 먼저 실현했다. 일 년에 한두 번 입을까 말까한 양복을 차려 입고 아버지는 출근을 하기 시작했다. 부동산 사무실이었다. 아버지의 돈으로 아버지의 이름으로 된 사무실에서 아버지는 새 인생을 즐겼다. 트럭대신 그랜저를 몰고, 커피믹스 대신 원두커피를 마시고, 맛집을 찾아다니며 입맛의 호사로움을 즐겼다. 문제는 아버지가 말한 요물이 아버지 곁에서 아버지의 단물을 빼먹고 있다는 사실을 아무도 모르고 있었다.

그녀의 집으로 가는 마음이 무거웠다. 아무 것도 내세울 게 없는 내가 할 말이 없었기 때문이다. 사랑하니까, 결혼을 허락해달라는 말은 낯간지러웠다. 그리고 그녀의 진심도 의심스러웠다. 나를 사랑해서 결혼한다는 게 어쩐지 위선 같았다. 겨우 나 하나 먹고 살 정도의 능력, 보탬이 돼줄 수 없는 집안, 남자로서의 특별한 매력도 없는 나. 우울한 기분이 들었다.

백화점에서 그녀와 만나 과일바구니를 샀다. 그녀는 내 얼굴을 보더니 안심하라는 듯이 팔짱을 꽉 꼈다. 그때 왜 갑자기 여자는 요물이야, 하는 아버지의 말이 생각났는지 알 수 없었다. 그녀의 집 지하주차장은 한 세대 당 두 대의 주차공간이 있어서 그런지 차를 댈 곳이 많았다. 생각해보니까 삼 년을 만났던 그녀와 난 서로에 대해서 아는 게 별로 없었다. 그리고 서로의 집에도 가보지 않았다. 그녀와 나, 서로의 집에 대한 호기심이 없었다. 이른 출근과 늦은 퇴근 때문에 그녀는 차를 가지고 다녔고 나 역시 차가 있었다. 서로의 차를 가지고 만나서 저녁을 먹고 헤어지고 굳이 집으로 데려다줄 만한 계기도 없었고, 요구하지도 않았다. 그녀와 나, 서로 자신의 집을 보여주기 싫어했음이 이제 분명해졌다. 나는 비닐하우스 집도 내가 혼자 사는 원룸도 그녀에게 보여주기 싫었고, 그녀는 지나치게 풍요로운 자신의 집을 내세우고 싶지 않았던 것이다.

현관문을 여는 그녀의 어머니는 너무 젊었다. 주름이 없는 매끄러운 얼굴이었다. 보톡스나 성형을 하지 않았을까 하는 의심이 들 정도의 부자연스러운 젊음이었다. 체격이 왜소한 편인 그녀의 아버지는 입에 힘을 꽉 주고 눈으로 나를 맞았다.

넓은 거실, 밝은 조명, 실내화 바닥으로 느껴지는 대리석의 딱딱함, 호의적이지 않은 분위기.

"집이 누추해서……."

그녀의 어머니가 인사치레로 입을 열었다. 나는 얼굴이 빨개졌다. 그러면 우리 집은 뭐라고 해야 할지, 자격지심이 일었다. 그녀는 그저 내 옆에 앉아 얌전하게 고개를 숙이고 있다. 무릎 위까지 올라간 원피스 아래로 내려온 다리가 희고 매끄러웠다. 무심한 표정의 그녀가 왠지 서운했다. 일하는 여자가 차를 내왔다. 하동에서 온 발효차인데 오늘 같은 날에 마시면 좋다고, 그녀 어머니가 찻잔을 내 앞으로 바짝 밀었다. 나는 고개를 까닥 수그리고 차를 한 모금 마셨다. 커피를 마시고 싶었다. 나는 그녀를 통해서 내 처지가 어떤지 알고 있을 그녀의 부모가 언제쯤 본론을 얘기할지 기다렸다.

그녀는 오늘 오프였다. 쇼핑도 하고, 스파도 하고 마사지까지 받았다는 그녀는 환한 얼굴이었지만 내겐 너무 낯설어보였다. 물론 처음에 몰랐지만 이렇게까지 살면 굳이 3교대를 하는 힘든 일을 하지 않아도 되는 게 아닐까, 그런 생각이 문득 들었다. 그녀는 착하기는 했지만 직업의 사명감까지 가질 정도는 아니었다.

"우리가 곱게 키운 딸, 고생시키는 건 이유가 있었지."

나는 이 집에 들어서는 순간, 그 이유를 알 것 같았다.

그녀를 의대로 보내서 의사로 만들고, 병원 하나 지어주는 게 평생의 소원이었던 그녀의 부모는 당연히 의사 사위를 들여서 그 꿈을 이루고 싶어 했다. 공부를 잘 하지 못했던 그녀는 간호전문대에 가고, 어떻게 줄을 만들어서 대형 종합병원에서 일하게 된 모양이었다. 그녀로부터 그런 얘기를 들은 적은 없었다.

그녀의 부모는 좋은 사윗감 만나라고 재미삼아 다녀보라는 병원이었지만 부모의 바람과 달리 그녀는 나 같은 엉뚱한 놈을 만났다. 변명은 아니지만 먼저 호의를 보이고 손을 내민 건 그녀였다. 쉽게 자신의 마음을 털어놓았다. 간혹 자신을 무시하는 의사가 있으면 화가 나서 가슴에 담아둔 얘기를 쏟아내기도 했다.

"조금 더 열심히 공부해서 의대 갈 것 그랬어. 어차피 의대하고 공부하는 건 비슷하데. 똑같이 공부하고 무시당하는 거 기분 나빠."

3년이라는 긴 시간을 허비한 그녀를 더 이상 내버려둘 수 없었을 것이다. 나는 그녀를 우리 집에 데리고 가지 않아도 된다는 결론을 차를 마시며 내렸다. 지극히 통속적인 얘기가 현실이 됐다. 참 간단하게 끝낼 수도 있는 절차를 그녀가 솔직하지 못함으로써, 이 집에 앉아 있게 하는 번거로움까지 감수해야 했다.

집으로 돌아오는 길에 오히려 마음이 편했다. 그녀에게 미안한 마음도 들지 않았다. 차 안에서 CD를 켰다. 장기하 노래였다. 참 재미있는 노래라고 그녀가 준 것이었다. 별일 없이 잘 살고 있다,는 가사가 우스웠다. 흠,하고 혼자 웃음을 날렸다. 거추장스러운 옷을 벗은 느낌이었다. 그녀에 대한 감정이 이렇게 쉽고 단순하게 정리될 수 있는 건지 허탈하기도 했다.

나는 오랜 만에 이상스러운 평화로움 속에서 아무 생각 없이 운전을 했다. 신호를 기다리다 표지판을 보고 길을 잘못 든 걸 알았다. 이 길은 집으로 가는 길이었다. 내가 지금 살고 있는 집이 아니라 항상 술에 취한 아버지가 있는 비닐하우스 집까지가 얼마 남지 않았다. 집에 가본지가 얼마만이지 기억도 나지 않았다. 지금 집으로 가면 늦은 저녁 밥상을 받을 수도 있을 것이다. 항상 밥상에 올라오던 소박한 반찬들을 생각하자 몹시 배가 고파졌다.

도시 근교의 시골에서 흔히 볼 수 있는 비닐하우스 위에 검은 비닐을 씌운 집을 볼 수 있을 것이다. 그 집이 바로 우리 집이다. 컨테이너박스

위에 비닐을 덮은 집. 집 문을 열고 나가면 조상의 무덤들이 있는 집.

내 아버지는 지금도 술이 취하면 노래를 부를 것이다. 예전의 술버릇은 노래를 부르다 지치면 쓰러져 잤는데, 그 집에선 무덤가에 앉아 곡을 하듯이 컥컥 대며 울다가 엎드려 잔다. 그러면 할머니가 아버지를 부축해서 안으로 데려와야 했다. 산 사람을 순장시킬 수 없는 노릇이니까. 방으로 들어가서 잠깐 정신이 들면 다시 노래가 시작되곤 한다.

원더풀, 원더풀, 아빠의 청춘.

부라보, 부라보, 아빠의 인생.

신물이 나도록 들은, 〈아빠의 청춘〉이다. 도대체 아버지에게 추억할 만한 청춘이라도 있는 것인가. 아니면 그게 추억할 만한 아름다운 인생이었던가. 아니면 그럼에도 불구하고 순수한 사랑이었다고 되새기고 싶은 것인가.

동네는 도심의 변두리 분위기였지만 예전 모습은 찾을 수 없었다. 주택가와 상가 사이 작은 길, 건너편 비닐하우스 집에서 새어나오는 불빛은 밤이라서 그런지 조금은 낭만적이기 까지 했다. 대낮에 보는 그것은 생뚱맞음 그 자체였다.

비닐하우스 집 근처에 차를 댈 곳이 없었다. 5층짜리 상가와 주택이 들어찬 거리는 사람들의 왕래는 별로 없어도 주차해놓은 차들은 빽빽

했다. 나는 천천히 주택가로 들어섰다. 나는 그저 적당한 곳에 차를 세우고 집에 들러 저녁만 먹고 가려고 했다.

차를 좀 더 안쪽으로 들이미는 순간, 그 집이 턱하니 나타났다. 흰 창살 너머로 넓은 잔디밭이 보이고, 나무 계단을 오르면 현관이 나타나고, 2층 베란다에 환히 불이 켜진 집. 그날 이후로 한 번도 와보지 않았다. 오고 싶지도 않았다. 때문에 비닐하우스 집을 짓고 이 집 근처로 이사 온 아버지를 도저히 이해할 수 없었다.

이 집을 남에게 넘기고 갔으면 그걸로 끝이지 왜 다시 돌아온 것인지. 동네의 원주민 중 보상받은 돈으로 상가나 다세대주택을 짓고 아직도 슈퍼 앞 정자에 앉아서 지난 날 얘기로 시간을 보내는 아버지의 친구 노인네들이 더러는 있었다. 수치심을 모르는 것인지, 비닐하우스 집이라도 살아야 할 정도로 형편이 절실했던 것인지 모르겠다.

나는 얼른 액셀을 밟았다. 집에 들르지도 않고 내가 사는 원룸으로 차를 몰았다. 이 시간, 혼자 식당에 들어가 밥을 먹기 싫었다. 원룸 옆, 편의점에서 컵라면과 햇반, 소주, 캔 맥주, 땅콩, 담배를 샀다. 담배는 피우지도 않지만 오늘은 피우고 싶었다. 여자와 헤어진 날, 담배 한 갑쯤 피운다고 해서, 술을 마신다고 해서, 그리 나쁠 것은 없을 것이다.

나는 비닐봉투를 앞뒤로 흔들며 엘리베이터를 탔고, 문을 열고 방으로 들어왔다. 옷도 갈아입지도 않고, 씻지도 않고, 컵라면에 뜨거운 물을 부었다. 라면이 불은 동안 캔 맥주를 따서 마셨다. 빈속이 상쾌해졌다. 다시 따뜻한 라면을 건져먹고, 데워온 햇반을 꾸역꾸역 먹었다. 아직도 그 집을 생각하면 화가 나고 아버지가 미워져서 견딜 수 없었다. 그 집에 계속 살았더라면 내 인생이 달라졌을까, 하는 기대 때문일까.

나는 종이컵에 소주를 따라, 단숨에 마셨다. 저절로 이마가 찡그려졌다. 남자가 술도 못 마신다는 핀잔을 많이 듣고 살았다. 술 따위를 잘 마셔서 남자답고 싶지는 않았다. 그러면 세상에 우리 아버지만큼 남자다운 남자도 없을 테니까. 하, 하고 나는 혼자 헛웃음을 날렸다.

싱글 침대, 컴퓨터 책상, 작은 냉장고, 이인용 식탁과 의자, 붙박이장과 그 앞에 놓인 행가래. 행가래에는 다림질이 잘 된 와이셔츠와 푸른색 계통의 넥타이가 잘 정돈돼 있다. 하루 한 번씩 갈아입는 와이셔츠는 일주일에 한 번 세탁소에 맡겼다. 붙박이장에도 계절별로 꽤 많은 양복이 있다. 나는 친구를 만나 쓰는 술값 대신 양복에 투자했다. 그러고 보면 나는 양복을 차려입고 출근하는 일상을 그런 대로 좋아한 것 같다. 사실, 이 일을 견뎌내기가 생각보다 쉽지 않다. 입사한 동기 중에는 한 달도 넘기지 못하고 나간 경우가 많았다. 아직 젊고 기회가 많다는 이유로 동기들은 미련을 두지 않고 떠나갔다. 아직까지 남아 있다고 내 영업실적이 뛰어난 건 아니지만 기본급을 미안함 없이 받아낼 정도, 혼자서는 충분히 먹고 살 정도였다.

흰 와이셔츠를 차려 입은 화이트칼라를 동경한 건 아버지 때문이 아니었을까. 흙 묻은 긴 장화, 초록색 챙모자, 손톱의 때, 굵은 주름, 땀 냄새, 무심한 눈빛, 술 냄새와 노랫소리 속에서 나는 꿈을 꿀 수가 없었다.

그런데 새 집을 짓고 살기 시작하면서 아버지와 나는 꿈을 꾸기 시작했다. 나는 어떻게든 대학에 가서 좋은 직장을 구하고 아침마다 흰 와이셔츠와 양복을 입고 잘 닦인 차를 몰며 출근을 하는 일상을 그렸다. 내가 꿈꾸는 소박한 일상과 달리 아버지는 자신뿐 아니라 우리 가족의 인생을 바꾸는 무모한 꿈을 꾸었다. 아무리 이해하려 해도 어떻게 그렇게 어리석을 수 있는지…….

예상한 일이지만 오늘 그녀는 보이지 않았다. 대신 새로운 젊은 의사가 눈에 띄었다. 예전엔 그녀가 알아서 오전 진료가 마감되는 시간, 오후 진료가 일찍 끝나는 시간을 문자로 날려주었다. 멍하니 앉아 있다가 그녀가 알려준 시간보다 조금 일찍 환자 대기 의자에 앉아서 그녀와 둘만이 아는 눈빛을 교환했다.

세상에 수많은 질병과 환자가 있듯이 그것에 필요한 약과 약물도 헤아릴 수 없이 많다. 각양각색의 색깔과 효과로, 미세한 성분의 차이로 환자들에게 투여되기 전, 담당의사의 선택을 받아야 했다. 오직 그 선택에 의해서만 환자의 몸속에 투여돼서 약효를 발휘하기도 하고, 때에 따라서는 이상반응을 일으키기도 하고, 아무런 효과를 내지 못할 때도 있다. 나는 몸 안에 들어갔을 때의 효력까지는 확인하지는 않는다. 이상반응에 대한 책임도 없다. 단지, 내가 책임진 약들의 선택에 최선을 다할 뿐이다.

오전 진료를 마친 과장은 조금 피곤한 표정으로 건성으로 내 인사를 받고 지나쳤다. 나는 바짝 붙어서 따라갔다.

"과장님, 이번에 개발된 신약은 다른 회사 제품과 다릅니다. 위에 부담이 전혀 없는데다 소화 기능까지 있어서 소화제를 따로 추가하지 않아도 됩니다. 그만큼 양이 줄어드니까 환자들이 좋아할 것입니다."

나는 과장 옆에 달라붙어 그의 귀에 대고 말했다.

"노인네들은 약의 양이 많을 걸 좋아해."

과장은 표정 없는 얼굴로 눈길도 주지 않고 말했다. 나와 같이 과장의 옆에 서서 걷던 젊은 의사가 고개를 돌리며 웃음을 참았다.

"과장님, 그리고 포도당도 단가가 싼 게 나왔습니다. 프로테이지는 올라갔는데, 용량이 적어서 시간은 빨라지고 회복속도도 빠르고……."

과장은 내 말을 듣지도 않고 손을 내저었다. 그만하라는 뜻이다.

"그런 약은 없나. 무슨 병이든 고치는 약, 아니면 병은 낫지 않아도 되지만 고통은 느끼지 않게 하는 것. 그러면 내가 병원을 따로 차려서라도 그 약들만 팔아주겠네."

과장은 몹시 지친 표정으로 말하고 돌아섰다. 약장사를 무시하는 방법치곤 괜찮았다. 술고래라는 그녀의 귀띔이 있었는데 어제는 어느 회사가 마련한 향응에 참석했는지 알 수 없었다. 나는 아직까지도 향응자리에 참석할 정도로 친분관계나 지위에 이르지 못해 실상은 알 수 없으나 그 자리가 남기는 후유증은 꽤 크기도 했다. 문제는 법적인 면에서도 리베이트를 주는 사람만 처벌만 받게 돼 있는 법이 딱 버티고 있다는 것이다. 그러고 보면 세상에 공평한 게 없는 것인지도 몰랐다. 과장은 약속이 있어서, 다음에, 라는 말을 남기고 빠른 걸음으로 계단을 내려갔다. 나는 정중하게 사라지는 뒷모습에 인사를 했다. 아직도 웃음이 남아 있던 젊은 의사는 과장을 따라가지 않고 멈춰 서서 내 얼굴을 쳐다봤다.

"혹시……."

젊은 의사가 망설였다. 그렇지 않아도 과장 옆에서 계속 나를 쳐다봐서 신경이 쓰였었다. 젊은 의사 가운 주머니에 색색의 형광펜이 가득 꽂혀 있었다. 저 형광펜으로 차트에 밑줄을 긋는 그들의 일과 몰입을 부러워했다. 젊은 의사는 내 이름을 말했다. 그리고 비닐하우스 집이 있는 동네의 이름을 알고 있었다. 그와 난 초등학교와 중학교 동창이었다. 이런 일은 전혀 예상치 못했다.

"반갑다."

그는 쉽게 말을 놓았지만 나는 어색했다. 그래서 입을 꾹 다물고 있었다. 다행히 그에게 콜이 들어왔고 그는 빨리 가야 했다. 하지만 그는 내 핸드폰 번호가 있는 명함 하나를 들고 돌아섰다. 찜찜한 기분이었다.

문자가 왔다. 그녀였다. 미안하다고 했다. 참 쉬운 이별이었다. 그럴 거였으면서, 그렇게 쉽게 갈 거면서, 빤한 결과를 알고 있으면서 왜 나를 집까지 데리고 갔는지 도저히 용납할 수 없었다. 나는 문자를 지웠다.

일이고 뭐고 다 귀찮았다. 낮술이라도 한 잔 하고픈 마음이었다. 나도 별 수 없는 그렇고 그런 남자였다. 사람들 눈치 안 보고 편히 마실 수 있는 술집이 어디일까, 머리를 굴렸다. 여전히 복잡하고 시끄러운 병원 일층 로비를 걸어 나올 때, 누군가 어깨를 쳤다. 동창이라는 의사였다.

"어디가?"

"응, 그냥 뭐."

나는 느닷없는 동창이란 녀석의 출현에 놀라서 얼버무렸다.

"나, 지금 퇴근인데, 밥 먹으러 가자."

당직근무를 했는지 자세히 보니 놈의 눈이 충혈돼 있었다. 거절했어야 했는데, 그러지 못했다. 작은 동네라서 놈의 존재는 확실했다. 공부를 잘했고 그래서 언제나 반장을 도맡아 했던 놈이다. 의대까지 갈 정도로 실력이 좋았는지 모르겠다. 놈의 집도 땅을 팔고 떠났던 집들 가운데 한 집이었다.

밤이면 술을 파는 호프집은 낮엔 점심을 먹으러 오는 근처의 직장인들로 북적였다. 점심 메뉴를 날마다 바꾼다는 이유로 나도 다른 사람과의 합석을 마다하지 않고 자주 밥을 먹었다. 놈도 자주 왔었는지 맨 구석 쪽으로 먼저 자리를 잡고 들어앉았다.

"한 잔 해야지."

내 의견은 물어보지도 않고, 소주를 시켰다. 대낮에 소주를 마시냐면서도 주인아저씨는 얼른 소주잔 두 개를 내려놓았다. 어두컴컴한 술집에서 낮에 마시는 소주는 사람을 쉽게 취하게 했다. 투명한 잔에 따라놓은 말간 소주를 내려다보면, 참 사는 게 아무 것도 아닌데, 하는 감상에 쉽게 빠졌다. 그래서 아무 것도 아니니까 잊어버리자고 했던 그녀가 떠올랐고 보고 싶었다. 그리고 목소리라도 듣고 싶었다. 그냥 한 번만 더 보고 싶다는 그리움이었다. 이래서 나는 술은 절대 마시지 않아야 했다.

"아버님, 잘 계시니?"

놈의 목소리가 날아와 귀에 꽂혔다. 당연히 나는 대답할 수가 없었다. 전화라도 했을 수도 있지만 나는 전화조차 하지 않았다. 충격으로 먼저 세상을 떠난, 엄마였다. 여동생이 가끔 집에 들러 할머니와 아버지를 챙길 것이다. 나이에 비해 정정한 할머니가 오히려 아버지를 챙겨줄 정도여서 나는 신경쓰지도 않았다. 나는 대답을 안 했다. 혹시 놈이 우리 집 얘기를 아는 건 아닐까, 부끄러워졌다.

"너네 아버님은 건강하시냐?"

나도 예의상 놈의 아버지 안부를 물었다.

"너네 아버지 안 좋은 거 알아?"

놈이 내 눈치를 보며 말했다. 갑자기 소주가 안에서 콱하고 멈춰 서 버린 느낌이었다.

"무슨 말이야?"

뭔가 복잡한 게 싫었다. 병원에 아는 사람이 있는 것도 싫고, 더군다나 내 아버지의 안부를 묻는 사람을 마주하는 것도 싫었다. 나도 드디어 이 일을 그만두어야 할 때가 된 것 같았다. 놈 앞에서 나를 파는 짓을 보여주고 싶지는 않았다. 더구나 그녀를 떠올리기 싫어서라도 그만두는 게 최선이었다. 얼른 자리를 끝내고 일어서고 싶었다.

"힘드시다는 것 같더라. 아버지가 내가 있는 우리 병원으로 오라고 했는데, 싫다고 하셨대."

나는 놈의 말을 잘 알아들을 수 없었다.

"우리 아버지가?"

아버지란 말을 입에서 꺼내는데 몹시 낯설고 어색했다.

"그래. 몰랐어?"

놈은 그럴 줄 알았다는 표정이었다. 집에서 할 일 없는 놈의 아버지는 아직도 매일 아침밥을 먹으면 차를 몰고, 그 동네로 출근을 한다는 것이다. 거기, 아직도 자리를 지키고 있는 부동산 사무실이나 경로당에서 점심을 먹고 지난 시절의 무용담을 늘어놓다가 이른 저녁 집으로 온다는 것이다. 그러면 아마도 아버지와도 자주 얼굴을 보았을 것이다. 그리고 우리 집의 내력도 들었을 것이고. 나는 얼마 남지 않은 소주를 마저 털어 따랐다.

"결혼은 안 해?"

내가 아버지 얘기를 피하자 놈이 말을 돌렸다. 의사가 이렇게 한가하게 대낮부터 술이나 먹으면서 남의 사생활에 신경써도 되나 싶었다. 그런데 뒤이어 나온 놈의 말이 나를 놀라게 했다. 그녀와 나의 관계를 알고 있었다. 소문이 좍 났는데, 어떻게 모를 수가 있냐는 표정이었다.

"나한테 관심 갖지 말고 너 얘기나 해봐."

나는 놈을 비웃었다. 놈은 자기는 너무 평범하고 매일 똑같은 생활뿐이라서 할 얘기가 없다는 거였다. 그리고 진작부터 내가 병원에서 어슬렁거리는 것을 보았다는 것이다. 자기는 아직 인턴이라서 외래는 하지 않지만 가끔 과장님을 찾아왔을 때, 나를 봤다는 것이다. 이제 그런 것쯤은 아무렇지 않았다. 어차피 그만두게 될 것인데, 상관없었다. 놈이 내게 관심을 갖는 이유가 궁금했다. 그냥 지나치고 가더라도 그만일 텐데 말이다.

나는 결국 놈을 먼저 보내고 앉아서, 커피를 마셨다. 운전을 해야 하니까 술 대신 커피를 두 잔이나 마셨다. 그리고 술기운이 있는 채로 운전대를 잡았다. 안전띠는 습관대로 맸다. 그리고 그 집을 향해서 달리기 시작했다. 비닐하우스가 있는 집으로 가기 위해 좌회전을 하고, 고가도로를 오르고, 신호를 기다렸다. 아무리 달려도 쉽게 나타날 것 같지 않아 마음이 급해지기도 했다.

바보처럼 어린아이처럼 쉽게 넘어가다니, 그것도 전 재산을 모두 넘겨놓고 말이다. 초등학교 교사 출신이라던 중년의 여자는 아버지뿐 아니라, 놈의 아버지에게도 아니 동네의 사람들에게 상가의 건물주가 돼서 임대료로 남은 인생을 즐기라고 부추겼다. 얼마나 근사한 말인가. 5층 상가 건물을 새로 짓기 위해, 혹은 사기 위해 담보로 들어갔던 재산을 날린 사람은 여럿이었다. 그렇지만 아버지처럼 집과 땅을 모두 날리지 않았다. 아버지는 3층짜리라도 작은 것 하나를 더 마련하기 위해 모두 털어놓았다. 그 작은 것은 자식을 위해서였다.

정말 나를 위해서였을까. 특별히 공부를 잘하지도 않고 싹수도 보이지 않는 나를 위해서 그렇게 했단 말인가. 혹시 그 여자 때문은 아니었을까. 초등학교 교사 출신이라는 여자는 조신하고 우아해보였다. 여자의 환심을 사기 위해, 여자의 믿음 때문에 모든 걸 맡겼던 걸 아닐까. 여자의 부동산 사무실이 근처에 있었다. 그렇다면 아버지가 다시 되돌아온 것도 여자 때문이 아니었을까. 여자는 요물이지만 어쩔 수 없지 않다는 것 아닐까.

아버지에게 마지막으로 진실이 무엇인지 따져 묻고 싶었다. 그러면 아버지를 미워하든 용서하든 나도 내 마음속 한 쪽에 가지고 있던 한 덩어리는 내려놓을 수 있을 것 같았다. 그런데 아버지가 아프다고, 오래 가기 힘들 거라고 했다.

나는 계속 액셀을 밟고 노란 신호등에도 지나쳤다. 그래도 집은 아직 멀리 있었다. 취기가 이제야 오르는지 몸이 후끈 달아올랐다. 머릿속이 몽롱했다. 저절로 흥얼거려졌다.

아버지, 아픈데 왜 연락 안 했어요?

죽어서도 연락 안 하려고 했어요?

그렇게 따져 묻을 것이다. 그리고 다음에 집에 가면 또 그렇게 물을 것이다. 물론 적당히 술을 마시고 술에 취한 척할 것이다. 그래, 난 집으로 가기 위해 이 말들이 필요했는지 모르겠다.

드디어 집이 보인다. 도시 한 켠에 생뚱맞게 솟은 무덤들, 그 옆의 비닐하우스 집. 사진이라도 찍어서 보이고 싶다. 지금 이 시대에 이런 집에 사는 건 어떨까요? 맞다. 그녀에게 보내야 한다. 이게 네가 살 집이었어. 너의 선택은 현명했어.

나는 차를 세우고 핸드폰으로 집을 찍기 시작했다.

느리게, 차곡차곡 쓰는 소설

— 김경해 소설가에게 듣는다

전강희/ 공연예술비평가, 드라마터그

2015년 8월 9일, 더위가 한창일 때, 인천의 한 카페에서 소설가 김경해를 만났다. 그녀는 평소와 같이 뜨거운 아메리카노를 한 잔 마셨다. 그녀의 글을 읽기 전이었다면, 한여름에 뜨거운 커피를 마시는 모습을 보며, 일관된 취향을 가진 섬세한 여인이라고 생각했을지도 모른다. 며칠에 걸쳐 글을 읽고 나니, 섬세함에 다른 감각이 더해졌다. 바로, 정확함이다.

김경해의 작품 속 인물들은 대부분 형편이 넉넉하지 않다. 그렇다고 해서 직업이 없다거나 남에게 의존하여 사는 모양새는 아니다. 이들은 자신을 둘러싸고 있는 세상에 눌려 있지만, 그 세상이라는 것을 통하지 않고서는 도저히 자신의 모습을 그대로 곧추세울 수도 없는 인물들이다. 다시 말하자면, 그녀의 주인공들은 멀리서 보면 세상에 묻혀서 보이지도 않을 것 같은 평범한 인물들이다. 김경해는 이들의 목소리를 독자에게 들려준다. 특별히 애정 어린 시선을 보내지는 않지만, 정주하지 못하는 삶에서 흘러나오는 불안감을 소홀히 대하지 않는다. 인물들의 몸짓과 그 몸짓이 보이는 정서를 뜨겁지도 차갑지도 않게, 정확하게 보여준다.

김경해의 섬세함과 정확함은, 소설 속 공간과 인물, 그리고 이를 표현해내는 스타일에 고스란히 드러난다. 글을 아주 느리게, 천천히 쓴다는 그녀에게서 직접, 소설에 대한 이야기를 들어 보았다.

공간_유폐되는 곳, 혹은 흐르는 곳

*집

전강희 ■ 소설 속, 배경이 되는 장소가 주로 누군가의 집입니다. 부모님의 집, 남편과 사는 집, 당분간 신세지는 집 등, 여러 집이 눈에 들어오는데요. 공간 또는 집에 대한 작가님의 평소 생각에 대해서 들어보고 싶어요.

김경해 ■ 소설을 쓸 때, 처음부터 공간을 설치하고 쓰기 시작해요. 어떤 공간에 가보고, 거기서 스토리를 만들어요. 공간만 보고 있어도 저절로 스토리가 엮인다고 해야 하나. 저는 그런 느낌을 받아요. 「내 마음의 집」을 쓸 때에는 종갓집에 직접 취재를 가기도 했어요. 종갓집이 배경이었거든요. 취재를 하려고 공간에 있다 보면, 그곳에서 어떤 이야기가 상상이 되는 거예요.

취재가 끝나고 잠시나마 공간에 머무르다보면, 그 장소에 대한 거리가 조금씩 생겨나면서, 이야기가 만들어지기 시작해요. 잘 알지 못하는 공간이거나, 가보지 못한 곳에 대해서는 절대 안 써요. 꼭, 꼭 취재를 해야 돼요. 「드므」를 썼을 때, 김윤식 문학평론가에게서 "앉아서 잘난 자기 머리만 믿고 쓴 것과 발로 쓴 것은 다르다"는 이야기를 듣기도 했어요.

전강희 ■ 『드므』는 작년에 출간한 창작집이지요? 고궁을 배경으로 쓰셨고요. '자유로운 영혼이 사는 집'이라는 말이 인상에 남았어요.

김경해 ■ 제가 궁을 좋아해요. 어떤 이야기를 쓸까 고민하다가 좋아하는 곳을 쓴 건데요. 제가 왜 이렇게 집에 대한 집착이 강하죠? 어려서 한 집에 너무 오래 살아서 그런가 봐요. 다른 집에 살고 싶은 욕구가 강했거든요.

전강희 ■ 얼마 전에 한 연극배우를 만났는데, 젊었을 때, 밤에 술 취해서 경복궁 안으로 담 넘어들어 간 적이 있었다고 해요. 자기 집이라면서요.

김경해 ■ 그건 내 이야기잖아요?

전강희 ■ 여자 친구랑 술 마시고 그랬다는데, 혹시 동일인물이신가요?

김경해 ■ 내가 20년 전에 한 짓인데.

전강희 ■ 작품에서 집의 소유주가 아버지이고, 남편이고. 거의 다 남자인데요. 작품 속 여성들이 대부분 남성의 집에 안주하지 않는다는 인상을 받았어요.

김경해 ■ 그런 점은 전혀 의식하지 못하고 쓴 거예요. 집에 대한 이야기는 나에 대한 이야기일지도 몰라요. 어렸을 때, 너무 한 집에서 오래 살아서 그 집을 너무 벗어나고 싶어 했어요. 답답해서 새로운 것을 원했어요. 마음의 문제에 대해서 쓰는 것이지, 남자가 소유자라는 생각은 그다지 하지 않고 쓴 거예요.

＊공항철도

전강희 ■ 개인적으로 「공항철도 편의점」이 참 인상적이었어요. 다른 작품에 나오는 인물들은 누구 집이건 간에, 사실 집이 있는 상태이지만, 이 작품의 여자 주인공은 조금은 다른 상황이지요. 한 장소에 안착하고 있다기보다는 어딘가에서 부유하고 있는 느낌이 더 강합니다.

김경해 ■ 이 글은 제가 마음을 많이 쓴 작품이에요. 여학생은 카이스트에 다니던 학생을 모델로 쓴 거예요. 몇 년 전 그 학교에서 가슴 아픈 일이 많이 있었죠. 그 기사를 읽고 생각해낸 인물이에요.

전강희 ■ 그 불안정한 여학생과 공항철도, 편의점이라는 공간이 딱 들어맞는다고 생각했어요. 공항철도는 계속 움직이는 이미지가 있고,

편의점도 역시 오래 머무르다 가는 장소는 아니고요. 「공항철도 편의점」은 제목만으로도 이미 인물들에 대해서 충분히 설명하고 있다고 봅니다.

김경해 ■ 공항철도에 대해서 묘사한 부분 중 수정해야 할 것이 있어요. 공항철도의 첫 차를 타러갈 때 사람이 없다고 했는데, 이게 잘못된 부분이에요. 첫 차에 사람이 아주 많은 거예요. 그곳에서 일하는 사람들이요. 이걸 고칠까 하다가 우선은 그냥 뒀어요.

전강희 ■ 공항 이야기를 하다 보니, 인천을 소재로 삼고 있는 글을 집필 중이신 것이 생각납니다. 유년시절도 여기서 보내셨죠?

김경해 ■ 앞으로는 인천에 대해서 써보려고요. 예전에는 서울에 대한 동경이 있었어요. 홍대 앞, 경복궁, 종로서적, 광화문, 덕수궁 돌담길 등 나의 젊음과 추억이 있는 장소였어요. 올해부터 아트플랫홈 작업실에서 글을 쓰다보니까 더 많은 쓸거리가 있더라고요. 얼마 전에는 그림을 보고 글을 쓰는 작업을 했는데요, 그 그림 안에 내가 익숙한 동네가 나오고 저절로 어떤 얘기들이 떠오르더라고요. 그 그림 왼쪽에 영종도가 있는데, 그럼 또 공항 이야기를 하게 돼요. 공항 자체가 빈부격차가 극과 극인 곳이에요. 해외면세점에서 명품을 사는 사람도 있지만, 그곳에서 일하는 노동자들이 얼마나 많은지. 공항철도 첫 차를 타면, 좀비같이 똑같이 보이는 얼굴들이 있어요. 공항에서 바닥을 청소하고, 화장실을 치우고, 짐을 나르고, 담요를 나르는 일을 하는 사람들요. 이런 이야기를 그림에서 읽게 되더라고요. 삶의 극단이 너무 분명하게 드러나니까요. 글 안에 과거와 현재의 삶이 다 들어 있는데, 이것을 따라가다 보면 미래에도 삶이 지금과 크게 달라질 것이 없을 것 같기도 해요.

인물_그 남자, 그 여자

*남자

전강희 ■ 소설 속의 남자들이 대부분 이름이 없어요. '그'라는 대명사로 지칭되는데, 읽다보면 중독성이 있어요. 책을 읽다 '그'의 자리에 여러 가지 사회적인 역할을 차례로 대입시켜 보기도 합니다. 배우가 연기를 할 때, 해당 인물의 전사를 스스로 구축하는 것처럼요. 이야기를 정하기 전에 여러 가지 시도를 해보는데, 책 속의 '그'를 보면서, 배우라면, 이 역할을 어떻게 연기할까 생각해 보았어요. 여러 직업을 대입해 보겠구나 했습니다.

김경해 ■ 사람 이름을 함부로 짓지 말라고 하지요. 소설 속에서도 그래요. 이름을 붙이는 것이 어려워요. 구체적인 이름이 분위기와 맞지 않으면 망쳐진다고나 할까요. '그'라고 하면 무언가 읽는 사람이 나름대로 생각해볼 수도 있고. 저는 '그'하면 떠오르는 것들이 좋아요.

전강희 ■ 작가님의 '그'는 어떤 원형성이 있나요?

김경해 ■ 나의 '그'는 이제 잡힐 듯 잡히지 않는 그 남자의 이미지, 이루지 못한 사랑, 안타까움. 언제나 그리움의 대상인거죠. 그가.

전강희 ■ 「드므」에서 그는 멋있을 것 같은데, 이 책에서 그는 좀…….

김경해 ■ 맞아요. 그리고 그가 한 인물로 정형화되어 있는 것은 아니에요. 소설 속에서 분위기와 내용에 맞게 달라져요. 여기서는 이런 그이고, 저기서는 저런 그이고요.

전강희 ■ 그라고 할 때, 그 자체보다는, 그를 바라보는 여자의 심리가 더 잘 느껴지는 것 같아요. 여자를 더 자세히 보게 되는 거예요. 그라고 부르는 데도, 작품의 무게 중심이 여성에게로 더 놓이는 느낌이 들어요.

김경해 ■ 태어났을 때부터 여성적인 거지.

＊여자

전강희 ■ 이제 여자 이야기를 해볼까요? 작가님 작품 속의 여성들은 경제적으로 부모님이나, 남자에게서 독립적이지는 않지만, 그렇다고 해서 의존적이지도 않아요. 경제적으로는 의존할지라도, 정신적으로 예속된 상태는 아니에요. 저는 이 지점이 흥미로워요. 소설 속 여성도 여러 캐릭터로 생각해볼 여지가 있는 거지요. 이 간극을 사회적인 시선으로 바라봤을 때, 문제 제기할 수 있는 지점도 있고요.

김경해 ■ 사실 캐릭터 연구를 많이 하지 않아요. 소설 속에 나오는 인물이 특별하다기보다, 누구나 읽었을 때, 내 이야기 같다고 느끼면 좋겠어요. 읽는 것 자체로서 위안 받고 공감할 수 있으면 해요. 특별한 캐릭터를 구축하고, 이야기를 전개시키기 위해 어떤 행동을 하도록 글을 써야겠다, 라고 인식하지는 않아요.

전강희 ■ 글 속에 등장하는 여성들이 자신이 처한 상황에 대해서 불안해하고 있다는 느낌을 받았습니다. 그런데 어느 새 그 불안감에 공감하고 있는 저를 보게 되었어요. 이들이 느끼는 불안감이 신경증 같은 예민함에서 나오는 것이 아니라, 자신을 둘러싼 현실 세계에 민감하게 반응하기 때문에 생기는 예민함이라고 생각합니다. 그래서 그녀들이 현실에서 쉽게 마주할 수 있는 인물들이라고 읽혔어요.

김경해 ■ 우리가 사실은 다 불안하지요. 저는 늘 불안했어요. 이제 불안하지 않구나를 깨닫게 된 것은 최근이에요. 20대일 때는 어떤 목표가 있어도 아직 손에 닿지 않으니, 언제쯤 잡을 수 있을까 하는 마음에 항상 불안했어요. 소설을 잘 쓰는 것이 가장 절실한 바람이었어요. 30대 때에도 그랬어요. 뭔가 걱정거리가 있는 표정이라는 말도 많이 들었고요.

요즘은 전혀 불안하지가 않아요. 나이가 들어서 그런지도 모르겠어요. 아등바등하던 것들을 다 내려놔서 그럴 수도 있고요. 소설을 같이 배웠던 사람들이, 사실 멀리서 보면 다 비슷한데, 조그만 것 하나에도 예민해지거든요. 그 안에서 긴장하면서 살았던 것 같아요. 예를 들면, 내가 먼저 등단했는데, 저 친구가 더 잘나가네, 같은 것. 사람 사이의 관계도 불안했었고. 이런 불안함, 다시는 겪고 싶지 않아요.

스타일_'나'의 이야기

＊문체

전강희 ■ 글 속에 꽃과 나무가 자주 등장합니다. 이들이 여자 주인공인 것 같다는 생각도 들어요.

김경해 ■ 사실 꽃을 별로 안 좋아해요.

전강희 ■ 예전에 말씀하신 적 있어요.

김경해 ■ 그런데 주위에 꽃을 좋아하는 사람이 있는데, 이 사람하고 다니다보면 꽃 얘기를 많이 하기는 해요. 꽃은 소설 안에 장치로 사용하기 위해서 공부를 좀 했었어요. 나무도 그렇고요. 지금 쓰고 있는 장편소설의 제목도 나무 이름이에요. '배롱나무'로 붙였어요. 붉은 꽃이 피어요. 궁궐의 나무에 대해서 쓴 책에 보면 배롱 꽃을 설명한 부분이 있어요. 궁에 심어져 있는데, 여름에 빨간 꽃을 피운다고 책에서 읽고 궁금해지기 시작했어요. 「보로니아」도 먼저 공부해서 알게 된 꽃이에요.

전강희 ■ 글에 보면, 꽃 이름이 정확히 나옵니다. 들에 흐드러지게 핀 꽃 같은 표현은 없어요.

김경해 ■ 저는 소설을 쓸 때, 구체적이지 않은 것은 싫어해요. 만약에 아메리카노를 마신다고 하면, 쓴맛인지 단맛인지, 컵 안에 거품이 있는지 없는지도 중요해요. 꽃도 그냥 꽃이 아니라 빨간 꽃인지 파란 꽃인지요. 사람의 표정도 그렇잖아요. 누가 웃고 있다고 하면, 활짝 웃는 건지, 어설프게 웃는 건지, 웃고 싶지 않은데 웃는 건지. 이렇게 소설은 글로 보여주는 거기 때문에 구체적이어야 된다고 생각해요. 특히나 꽃 같은 경우에는 제가 중요하게 의미를 부여하고 있기도 하고요.

전강희 ■ 강조하는 느낌이에요.

김경해 ■ 그냥 꽃이라고 하면 꽃이 아닌 것 같아요. 예를 들어, 푸른색이라고 한다면, 그냥 푸른 색이 아니라 만년필에 넣은 푸른 색처럼, 사소한 것도 놓치지 않으려 해요. 글이지만, 실제로 보는 것처럼 느껴지게 써야 된다고 생각하거든요.

***스토리**

전강희 ■ 문장이 따라가기가 쉬워요. 아름답고요.

김경해 ■ 제가 이 글들을 쓸 때만 해도 소설은 스토리보다는 문장이 더 중요하다고 생각하고 썼어요. 지금은 그렇게 생각하지 않아요. 당시에는 문장을 차곡차곡 쌓아가야 한다는 생각, 그 문장 안에 모든 것이 다 들어 있어야 한다는 생각으로 썼어요. 하나하나 단어에 대해서 설명하는 것처럼, 문장에 집착했어요.

처음 소설을 공부할 때, 소설은 문장이라고 배웠거든요. 지금은 어디 가서 이렇게 말하면 욕먹어요. 소설이 스토리지, 무슨 문장이냐고요. 지금은 스토리냐, 문장이냐, 라고 했을 때, 스토리를 선택해요. 스토리가 강한 글을 쓰고 싶어요.

전강희 ■ 추구하는 문체에 대해서 조금 더 이야기를 해주세요.

김경해 ■ 잘 읽히는 것을 중요하게 생각해서, 초고를 쓰고 나면 많이 고치는 편이에요. 비문을 고치기도 하지만, 경우에 따라, 좋은 느낌으로 길게 썼는데 안 읽힐 때도 있어요. 그럼 자를 수밖에 없어요. 포기하는 거죠. 내용이 아무리 좋아도 잘 읽히지 않으면 소용없으니까요. 그런데 전 아직도 문장에 대해서 잘 모르는 것 같아요. 제 문장이 잘 안 읽히는 것 같아서, 소리 내어 읽어봐요. 저는 천천히 쓰는 편인데, 빨리 쓰는 사람들을 보면 정말 부러워요. 그만큼 고칠 수 있는 시간이 길어지니까요. 전 이게 콤플렉스인 거 같아요.

전강희 ■ 읽는데 술술 넘어가서 공들여 쓴 것을 알았어요. 엄청나게 고친 거구나.

김경해 ■ 소설은 만약에 초고를 쓰는 데에 하루가 걸린다고 하면, 고치는 데에는 그것보다 훨씬 더 많은 시간이 필요해요. 초고는 사실 금방 써요. 그것을 제대로 만드는 데 시간이 걸려요. 계속 고치기도 하고요. 아무튼 신물이 나도록 고쳐요. 장편 같은 경우는 정말 신물이 나요. 보고 싶지 않아서 한 동안 묵혀놨다가 다시 보고. 그때야 눈에 들어오는 것이 생기기도 하고 그래요.

전강희 ■ 장편이 특히 그럴 것 같아요.

김경해 ■ 그런데 사실은 단편이 더 어려워요. 단편은 짧지만 앞에서부터 균형을 맞추는 건데, 전 그게 더 어렵더라고요. 단편이 더 좋은 소설이라고 생각해요.

* 일인칭

전강희 ■ 이번 소설집의 화자는 모두 일인칭을 취하고 있어요. 일인칭 시점을 선호하시는 이유가 있을까요?

김경해 ■ 제 소설은 무조건 일인칭으로 써요. 이것을 비난하는 사람도 있어요. 그런데 일인칭이 공감하기 쉬워요. 화자를 나로 쓰면 읽기에도 편해요. 삼인칭 시점은, 다시 말하면 전지적 작가 시점인데, 저는 이 시점에 동의하지 않는 이유가 있어요. 말로만 삼인칭인 거지, 실제로는 일인칭 아닌가요? 어차피 작가가 모두 쓰는 거니까요. 극중 인물로 순이가 등장해도, 이게 말로만 순이일 뿐이죠. 삼인칭이라고 하지만 작가 자신의 관점에서 쓰는 일인칭 순이일 수도 있으니까요.

그런데 경우에 따라 삼인칭이 편할 수도 있어요. 일인칭으로 쓰면 한계가 많거든요. 누군가의 과거에 대해서 쓴다면, 화자가 일인칭인 경우 그 사람에 대해서 어떻게 알겠어요. 삼인칭일 경우, 과거에 어떠했다라고 쭉 묘사하면 되는데, 일인칭일 경우 감수해야 하는 지점이 있어요.

단편은 일인칭이 더 맞는 것 같아요. 짧은 글이기 때문에 일인칭으로 쓰면, 작가인 저도 감정이입이 잘 돼요. 앞으로도 단편은 일인칭으로 쓸 것 같고, 장편은 삼인칭으로 써볼까 생각 중이에요.

＊앞으로의 소설

전강희 ■ 앞으로 어떤 소설을 쓰실 생각이세요?

김경해 ■ 지금까지 썼던 소설과는 확연히 다른 소설, 장르와 순수소설의 결합이라고나 할까요? 지금 쓰고 있는 장편소설도 추리기법을 나름 적용해서 쓰고 있고요. 역사소설도 일반 역사소설과는 다른, 로맨스 성격이 강하고 판타지적 요소도 있어요. 이 두 장편의 운명에 기대를 하고 있어요. 그리고 지금 하고 있는, 밥벌이 일이 마무리 되면 본격추리소설로 단편을 쓸 계획입니다. 그 다음은 추리적 요소가 강한 장르소설를 계속 쓸 생각입니다.

전강희 ■ 완전히 다른 세계로의 접근이네요. 기대와 행운을 빕니다.

전강희/ 전남대학교에서 영미희곡 연구로 석사학위를 받았고, 한국예술종합학교에서 연극학으로 예술실기 석사 과정을 마쳤다. 현재 공연예술 관련 글을 쓰면서, 드라마터그, 축제 현장의 프로그래머로 활동 중이다. 공동창작과 다원예술에 관심이 많다. 올해는 인천아트플랫폼 6기 입주작가로 인천에 거주하고 있다. 공저 평론집으로『환승+극장』이 있다.

김경해 소설집

공항철도 편의점

지은이_ 김경해
펴낸이_ 조현석
펴낸곳_ 북인
디자인_ 푸른영토

1판 1쇄_ 2015년 10월 15일
출판등록번호_ 313 - 2004 - 000111
주소_ 121 - 842 서울 마포구 서교동 467 - 4, 301호
전화_ 02 - 323 - 7767
팩스_ 02 - 323 - 7845

ISBN 978 - 89 - 97150 - 89 - 2 03810

본 사업은 인천문화재단과 한국문화예술위원회 Arts Council Korea
지역협력형사업으로 선정되어 발간하였습니다.